祖父に逢いに行く

フィリピン慰霊巡拝団に参加して

金田 博美

目次

一、戦争の記憶を紡ぐ……5
二、祖父金田操のフィリピン慰霊巡拝団申込……10
三、なぜこの少年が戦死しなければいけないのか……17
四、戦場ヶ原公園・忠霊塔《ちゅうれいとう》……19
五、戦没者・戦災殉難者合同追悼式……22
六、故郷の神社（豊神社）……24
七、祖父の葬儀……26
八、勲八等白色桐葉章……27
九、戸籍謄本・過去帳・墓石……29
一〇、死亡者生死不明者原簿……36
一一、臨時陸軍軍人（軍属）届……37
一二、兵籍簿……41
一三、NGO……43

一四、個人調査票……45
一五、『巡拝と留魂』……48
一六、小林兵団阪東隊……50
一七、祖父について……52
一八、フィリピン慰霊巡拝出発……53
一九、フィリピン慰霊初日……56
二〇、フィリピン北部慰霊（ツゲガラオとバシー海峡慰霊）……61
二一、フィリピン中部慰霊（オリオン峠とバレッテ峠）……73
二二、フィリピン南部慰霊・祖父の現地追悼（ラムット川とモンタルバン）……82
二三、祖父への手紙……90
二四、戦没者合同追悼式……92
二五、祖父の戦歴……100
二六、家族……116

一、戦争の記憶を紡ぐ

戦後七五年を迎えた今年は世界の状況が一変した。新型コロナウイルスの感染は、国境を越えグローバルな人の移動と共に全世界へと急速に拡散し、終息の気配はみられず感染者数は増加の一途をたどった。

新型コロナウイルスは単独では移動できずに人を介して感染拡散するため、感染防止策として人との密閉した場所や密集、密接を避ける対策がとられた。

新型コロナウイルスに対するワクチンは開発されたが、全世界で完全に終息させる事は望めず、ウイルスと共存する「ウイズコロナ」の時代を迎えた。

人の移動制限や不要不急の行動自粛で経済は落ち込み、国の催事や行政のイベント、地区の行事や祭りが中止に追い込まれ、人とのかかわりは希薄になった。それは戦争の記憶継承にも深刻な影を落としている。

毎年八月六日と九日に被爆地広島と長崎両市でそれぞれ開催された平和式典は、参列者を大幅に減らし、全国戦没者追悼式も規模の縮小を余儀なくされた。広島の原爆資料館は新型コロナウイルス感染防止のため入場規制を行い来館者は減少し、各地で開催されていた追悼行事も中止や規模の縮小を迫られた。

全国にある戦争に関する資料館においても、来館者や入場料の減少は、普段でさえ維持が困難な状況にさらに追い打ちをかけている。資料館で行われていた戦争体験者が証言する機会も激減し、戦争体験者の高齢化と共に戦争記憶の伝承が途絶える危機に直面している。新型コロナウイルス終息後にいったん途切れた気持ちを元に戻す事は、戦後が長くなるにつれて非常に困難だと思われる。遺族から記念館へ遺品等の無償提供の申し込みがあっても、保管場所に限りがあり断念せざるを得ない案件が増えている。建物の老朽化や耐震問題、新型コロナウイルス感染症防止の自粛による入場者の減少（学校での平和学習中止）、私設記念館においても管理者の高齢化や相続による問題で閉館されるケースが増えており、次世代に語り継ぐ貴重な資料は散逸《さんいつ》するばかりだ。

メディアは毎年八月になると、戦争について数多くの特集記事や特別番組を提供してくるが、八月一五日を過ぎると消化試合を済ませて義務を果たしたかのように終わる。

首相は毎年八月一五日に日本武道館で行われる全国戦没者追悼式で、憲法改正や敵地攻撃能力保有を推し進める姿勢を示した。

先人たちの尊い犠牲の上に築いてきた戦争の無い七五年を、これからも維持していくのは今の私たちであり、これからの若い世代だ。ひたすら祖国の安泰と平和を願い、国のために命をささげ多くの若い兵隊が死んでいった事を、そしてそれぞれの兵隊が無事に帰還する事をひたすら願い続ける家族があった事を、本土の空襲で無差別に投下された爆弾により多くの国民の命が奪われた事を、私たちは語り継ぐ。平和への灯を絶やしてはならず、決して無関心であってはならない。

戦争を昔話にしてはいけないという。しかし今、戦争は昔話にすらならず、忘れ去られようとしている事を憂《うれ》う。「戦争が廊下の向こうに立っていた」という渡辺白泉の有名な俳句が心をよぎる。

メディアが毎年八月に取り上げるテーマは、原爆、空襲、沖縄戦、特攻などでありほぼ定着している。戦没者三一〇万人の内、フィリピンでは約四三万人が亡くなり、大きな犠牲を出した悲惨な戦地であった。フィリピンは敵の進撃をくい止め、本土への空襲を遅らせるために兵隊は南方の戦地に送られ、物資の補給や援軍の途絶えた中、飢餓と傷病に苦しみ多くの若者が無念の死をとげた島である。

この本は、フィリピンで戦死した祖父金田操について書いてある。前半部分は祖父について調べていく中で分かった事を書いており、どうしても資料中心で退屈な部分もあると思うが、行間から垣間見える当時の背景や市井《しせい》の営みを読み解いていただきたい。

後半部分では厚生労働省主催令和二年度フィリピン巡拝慰霊団に参加して、戦没地や慰霊地を巡る慰霊巡拝の中で、その場に行き初めて理解できた事や感じた事を記述してある。新型コロナウイルス蔓延《まんえん》の為、国外での慰霊巡拝は以前のように行える状況ではなく、新型ウイルス終息後も国外での慰霊巡拝は暫く開催されないかもしれない。この厳しい状況の中でフィリピン慰霊巡拝に参加出来た事、そして本として残せた事はまたとない機会であったと思う。

できるだけ読者に現地の状況を理解していただけるよう詳細に、そして読み物としても成立するように記述したつもりである。だが残念ながら私の能力以上の文章は書けず、一年近く推敲を重ねる中で、この文章は戦死した祖父が私に書かせたのではないかと思う事も度々あった。この本は私と祖父の合作と言ってもいいかもしれない。

私の祖父操について調べた事だが、祖父と同じようにたまたまその時代に生まれたという事だけで、多くの若者が自分の意思とは関係なく、国からの命令で遠くの戦地に派兵され、一般人を含め多くの軍人や軍属が戦死した悲惨な戦いが、少し前のこの国にあった事を忘れないためにも、ぜひ最後まで読んでいただきたい。

二、祖父金田操のフィリピン慰霊巡拝団申込

戦死した祖父操は、特別な武勲《ぶくん》をあげたわけではなく、上位の階級でもない。戦地からの手紙や遺書は無く、骨壺の中には何も入っていない。

だが、戦後七五年が経ち振り返ってみると、時間の風雪は過酷だ。戦争を知らない世代は令和産まれも七五歳の人も同じであり、昭和、平成、令和と歩んできた戦争を知る世代は高齢化が進み、戦後を知らない世代は日本の総人口の八割を超えている。私も祖父について知っている事は、僅かな写真とフィリピンで戦死したという事だけだった。

慰霊巡拝団へ申し込んだ動機は、遺族新聞に掲載されていた厚生労働省主催「令和元年度フィリピン慰霊巡拝」募集に目が留まったからだ。今思うと、父が亡くなり最後の遺族新聞に慰霊団募集が掲載されていたのは、偶然とはいえ何か繋がりのようなものを感じ、長い時間を経て私に届けられた手紙のように思えた。

父は生前フィリピンでの祖父の慰霊を願っていたが叶わなかった。遺族新聞に掲載されていた慰霊巡拝団募集は、父がやり残した宿題を私に手渡されたバトンのように

祖父操の姉弟

出征前に家族と一緒に撮った写真

出征前に蔵の前で撮った写真

感じた。

　そしてもう一つ、私に孫が産まれて祖父と呼ばれるようになり、これまでは遠くに感じていた孫と祖父の距離が、目に見える形で具体的に、そして近く感じるようになった。孫からみると私は祖父だが、私は祖父を知らない。孫と私は時が重なっているが、これまで私と祖父の生きた時は切り離された別々の時代だと思っていた。しかし平和な時代であれば、私も祖父と普通に話せただろうし、祖父も私の成長を見守る事が出来たのだろうと思う。私と祖父は別々の時を歩み、手元に残っているのは三枚の写真だけである。一枚は子供の頃に姉弟で写った写真、残り二枚は出征前に撮ったものと思われ、一枚は家の蔵の前で直立しており、もう一枚は祖父を家族全員で囲んでいる。いずれの写真も、時の経過が写真をセピア色に変えている。

　祖父はどのように戦いどこで戦死したのか具体的に調べる事により、少しでも祖父に近づき祖父との距離を縮めたいと思った。そして調べた事を記録として残せるのは私しかいないと思った。私が祖父の事を調べる最後の世代であり、調べないと祖父が生きていた事の全てが消えてしまう。祖父の事を調べ記録として残す事は、私の責務ですらあると感じ、国に帰れずに遠い国で戦死した祖父の、せめてもの供養になるのではないかと思った。

遺族新聞のフィリピン慰霊巡拝の申し込みをしたが、参加希望者多数の場合は人数が絞られると書いてあり、当然該当しない可能性もある。申し込みから約半年後に厚生労働省より電話があった。電話に出た私に健康状態や自立歩行、介添え必要の有無などの質問があり、私は「全く問題はありません」と伝える。孫の世代では六〇歳以上になり、子の世代となると九〇歳前後となるだろう。参加者を決める事は、健康状態を十分考慮しなければならない事は理解できる。

「血圧が少し高めで薬は飲んでいますがまだ六二歳ですし、少し前まで仕事をしており残業や休日出勤をこなしていたので全く大丈夫です」と私は答えたつもりだが、後で妻に聞いてみると、若干支離滅裂で話す順番も前後していたものの、ほぼそのような内容で返事をしていたようだ。気持ちがもどかしい。相手との面談なら落ち着いて説明できるのにと思う。徒競走で気持ちばかりが先行して体が追いつかないあの感じに似ている。見えない電話の相手に強がりばかりを言っている頑固な老人に思われてはしないかと心配になる。千代田区霞が関からの見えない相手への答えは、夏の打ち水のように跡形もなく消え、反応はなく事務的に次の問いへと進む。「はいわかりました、それでは次の質問ですが……」といった感じだ。先方も悪気があるわけではなく、参加申し込み者全員に同じ質問項目の並ぶチェック・シートで質問して、事務的に仕事をこなしている事は分かるし、自立歩行や介添えの有無を問われたのは頭では十分に理解できるが、分かっていてもどうしても気持ちは萎《な》える。

私への質問が終わり、妻と電話を替わるように言われ、私が答えた内容について再び同じ質問をして確認をしている様子。自己申告だけでは許されず、あくまでも客観的な判定を必要としているのだろう。私はテレビの刑事ドラマに出てくる、威勢のいい虚言癖のある初老役を演じている感じだ。そうなると相手は嫌になるほど何度も同じ質問を繰り返し、どこかでぼろを出さないかと待ちかまえている冷静な黒縁メガネの女刑事役だ。私の事を初老役と書いたが、電話の向こう側にいる若い女性にとっては、初老役でも老人役でも、まあどうでもいい事だろう。業務遂行上一切関係ない事だから。

先ほど私に問われた質問が、妻の質問には一項目ほど追加されている様子だ。それは妻から見て私の認知機能について問われているのだろう。

「あなたの御主人は認知機能に問題はありませんか？」多分そんな感じの質問をしている。当然私本人にそんな質問をするはずもなく、認知症が進行していれば私の身の上に起きている認知症自体が理解出来ないはずだから。

妻は電話の相手に「認知機能については特に問題ありませんが、性格はわがままですが治りません、もうこの歳ですからとっくの昔にあきらめました」と私の顔を見ながら、問われてもいない余計な事まで答えていた。先方も笑いながら対応していた様子でどうにか無事に終了する事が出来た。

とりあえずフィリピン慰霊巡拝の第一次面接（電話であったが）は、妻の余計な一言はあったものの、なんとか通過したのではないかと思った。

その年の一二月中旬、自宅のポストに東京都千代田区霞が関の厚生労働省　社会・援護局から封筒が届き、中にフィリピン慰霊巡拝参加の決定通知書が同封されていた。

決定通知書には、令和二年二月一二日から一九日までルソン島北部とあり、日程表や渡航手続き、現地での滞在環境、留意事項などが記されてある。補助金については国内・国外旅費の約三分の一を補助すると記されている。これまで漠然《ばくぜん》と思い描いていたものが、形をなして少しの重さを伴い私の両手の上にあった。

フィリピン巡拝慰霊団に選ばれた事で、祖父の慰霊巡拝ができる事が嬉しい反面、重い責任を感じる。巡拝慰霊の出発までに祖父の事を少しでも調べる事により、フィリピン慰霊巡拝を実りあるものにしたいと切に思った。

三、なぜこの少年が戦死しなければいけないのか

この写真は祖父が姉弟と一緒に撮った子供の頃のものである。写真の左から長女、次女、三女、四女、そして五番目に初めての男子である祖父操の順に並んでいる。

写真枠の左下に「下関　黒川　電話六六番」と印刷されている。黒川とは黒川写真館の事で、現在下関市唐戸にある村田写真館である。電話六六番と印刷されており、当時としてはまだ珍しかった電話機の普及状況がうかがえる。

童謡詩人で有名な金子みすゞは、山口

祖父の姉弟、向かって左から長女、次女、三女、四女、長男操

子供の頃の祖父、犬のぬいぐるみと一緒に撮っている

県長門市仙崎で生まれ、高等女学校卒業後に下関で暮らしはじめ、二十歳の記念に写真を撮ったのがこの黒川写真館といわれている。祖父は明治四一年生まれ、金子みすゞは明治三六年生まれなので、五歳年下の祖父と下関市のどこかで出会っていたかも知れない。

黒川写真館の近くには旧英国領事館（一九〇六年）や、日本最初期の鉄筋コンクリート造り旧秋田商会ビル（一九一五年）があり、日本の近代建築史でも重要なこれらの建築物は、今でも大切に保存され下関市の観光名所となっている。

祖父の写真の左手をよく見ると何か持っている。写真を拡大すると犬のぬいぐるみのようだ。祖父の人生初の写真撮影に緊張している姿を見て写真館が用意したものか、それとも女ばかり続いた末の男子なので、いつも一緒に遊んでいた犬のぬいぐるみを家から連れてきたのかも知れない。

この時、姉弟で緊張して写真に写っているこの少年は、三七歳で召集され、三八歳の五月に日本から遠く離れた南の島で戦死する事を知らない。

四、戦場ヶ原公園・忠霊塔《ちゅうれいとう》

今は桜の名所で有名な下関市戦場ヶ原だが、多くの戦死者の遺骨と一緒に祖父の遺骨も納められている忠霊塔がある。遺骨が納められていると書いたが祖父の骨壺の中に遺骨は無く、多くの戦没者の骨壺も同じ状況かも知れない。戦後に戦場ヶ原は公園化がすすめられ、公園内に「忠霊塔」「戦傷の碑」「戦災殉難者の碑」があり、毎年八月の初めには盆供養と、一〇月の第四日曜日には戦没者の慰霊祭が行われている。

忠霊塔は下関市連合遺族会、戦傷の碑については下関傷痍軍人会が、歴史と平和への思いを表しているので記しておく。

忠霊塔

●忠霊塔《ちゅうれいとう》

昭和一二（一九三七年）に始まった日中戦争において、国に命を捧げた人々の至純《しじゅん》な愛を慰めるために忠霊塔建立の気運が全国的に高まる中、下関市においてはその場所として市の中心に位置し、全方位から拝する事ができる旧下関重砲兵連隊の堡塁《ほうるい》であったここ戦場ヶ原が早くから選定されていた。

昭和十七年（一九四二年）三月軍、官、民一体となってこの忠霊塔は建立された。過去数次の戦争において、国難に殉じた郷土出身の四八〇〇余名の戦没者を追悼し英霊の遺志を受け継いで戦後五〇年を経過する今、恒久平和への誓いをあらためてここに刻みます。

一九九五年八月　　　下関市連合遺族会

●戦傷の碑

一九三七年から一九四五年にかけて八年間くりひろげられた日中戦争及び太平洋戦争では、下関市からも多くの人が出征し約四二〇〇人の方が戦没され、また約一〇〇〇人の人達が戦傷者となる痛ましい結末を生じました。

この戦場ヶ原の地はかつて陸軍の要塞地で、兵士たちでいっぱいでしたが今は市民の憩いの場として開放され平和な公園になりました。

私達傷痍軍人会及び妻の会は、互いに励まし力を合わせ、このゆかりの地に平和祈念の象徴として戦傷の碑を建立いたしました。

これから先悲惨な戦争を繰り返さないようそして二度と戦傷の痛みで苦しむ人々が出ないよう世界中の人々と心を合わせて祈念いたします。

一九八一年二月　　下関傷痍軍人会

五、戦没者・戦災殉難者合同追悼式

昭和三〇年（一九五五年）から毎年、市主催の戦没者・戦災殉難者合同追悼式が一〇月末日曜日に下関市体育館で開催されており、私は子供の頃から両親と一緒に出席していた。追悼式で頂いたお弁当をお昼に食べ、紅白のお饅頭と菊は仏壇にお供えして、後日お下がりとして紅白のお饅頭をいただくのが楽しみだった。弟と紅白饅頭を半分に割って、交換して食べていた事を懐かしく思う。

私が子供の頃は多くの遺族の出席があったが、最近では高齢化により空席が目立つようになってきた。戦後七五年も経てば仕方ない事とは分かっていても、年々減少していく状況を見るのはやはり寂しい。

我が家は農業をしており、追悼式が開催される一〇月末日曜日は米の収穫時期と重なり、父の代わりに私が出席するようになった。追悼式の出席は、写真でしか知らない祖父を思う大切な時間と場所であった。

戦没者・戦争殉難者合同追悼式

左から筆者と. 妻、長男夫婦と孫

六、故郷の神社（豊神社）

祖父の子供で存命している二人の娘（叔母）に祖父についての思い出や記憶について尋ねるが、まだ幼く記憶には残ってないとの事であった。

町内の最年長者（九五才）に祖父について同じ質問をすると、祖父は幼い頃から銃剣術が得意だったが、それ以外の記憶はないようだった。祖父が存命なら今年一一二歳となり、聞き取りをした方との歳の差は十七才もあるのだから仕方ない事かも知れない。本来銃剣術とは敵との接近戦闘において、小銃の先端に銃剣を装着して戦う武術であるが、祖父は木や竹の先端にテルテル坊主の頭のようなものを付けて練習をしていたのだろう。祖父の写真を見ると背が高く、農業で培った大きな体も備わっていたようだ。祖父は子供の頃からこの豊神社《ゆたか》（※）の階段を幾度となく上り下りしては、相撲や銃剣で稽古を重ねていたのだろう。

姉弟と写っていたあの幼い少年は、冬には白い息をはきながら、芽吹く春の中を、蝉しぐれの夏を駆け、秋の落葉を踏み神社の階段を駆け上ったのだろう。そして出征の時には武運長久《ぶうんちょうきゅう》の祈願に、階段の一段一段に思いを込め踏みしめて、戦地へと赴いていったのだろう。出征時に祖父はどのような気持ちで手を合わせたのだろうか。石の階段は祖父の成長する姿を、まだ記憶として留めているだろうか。時間は違っていても同じ神社を前にして、七五年前の祖父の後姿に問うてみたい。

（※）豊神社は下関市川中伊倉にある神社で、明治四三年付近の三社合祀の折に当時の地名から一文字とって豊神社と呼ばれる。

豊神社の石段

七、祖父の葬儀

祖父に関する手掛かりを探すため仏壇を調べる。引き出しの中から香典の控えが出てきた。香典の控えには昭和二三年一月一七日葬儀挙行、喪主金田忠雄（私の父）と記されている。終戦から二年半経っての葬儀である。兵隊の外地からの引き揚げも困難な中、ある程度の期間を経ないと葬儀が出来なかったのだろう。

喪主は操の長男一五歳の忠雄である。終戦を迎えて葬儀を行うまでの二年半には、祖父の戦死の通知も届いたであろう。終戦後フィリピンの復員兵から、地獄のような悲惨な戦場だったと聞いていただろう。夜風が家の戸を叩けば祖父が帰って来たのかと思い、兵隊の姿を見れば祖父の姿を重ねた事だろう。ほんの微かでも望みを持ち続けていたのではないかと偲ばれ、祖父の復員を待つ残された家族の心中を慮《おもんばか》る。

村に帰還した兵隊の家族を見て、遺骨や遺品も戻らない中で操の戦死を受け入れなければならない家族の心境は、そして一五歳で葬儀の喪主となった忠雄の心中を思う。

そして私が思い描いたこの景色と、その中で唯一私が知っている、当時十五才の私の父忠雄を、私は力いっぱい抱きしめたいと心から思う。

八、勲八等白色桐葉章

仏間に掛かっている賞状には「日本国天皇は故　金田操　勲を勲八等《くんはっとう》に叙し白色《はくしょく》桐葉章《とうようしょう》を贈る　昭和四四年八月三〇日　内閣総理大臣　佐藤栄作」と書かれてあり、仏壇の引き出しの中に煙草と同じ位の黒い箱があり、表には金色の文字で勲八等白色《くんはっとうはくしょく》桐葉章《とうようしょう》と書かれ、中に勲章が入っていた。賞状と一緒に勲章を贈られたのだろう。

勲八等白色桐葉章はどのような場合に授与さるのか調べると、功績に関係なく戦死した場合に授与され勲章としては下位であるとの事。

ネット検索してみると、勲章が売買される市場規模は予想以上に大きく、若い世代に流行しているサバイバルゲーム等で当時の軍服や勲章をネットで求め、本物の服や勲章、装備品等を着用して敵味方に分かれ玩具の銃で遊ぶ事が流行っていると知る。

ネット内では祖父の授与された勲章は、コレクターや軍服マニアの間で五千円以下の価格が付けられ流通している。

いくら下位であっても、人の命と引き換えに授与された勲章に、値段がつけられ流通している事に心が痛む。売り買いされる勲章のひとつひとつに兵隊の命があり、無事を待つ家族の悲しみがあったというのに……。決して落札する方ばかりを責めているのでない。そこには需要と供給があり、取引や商いとして成立しているからだ。リアルに再現されたサバイバルゲームでは、玩具の銃から発射された弾に当たっても、退場するだけでリセットすれば何度でもやり直せる。それは単なる限られた場所と時間内で消費される遊びに過ぎないからだ。

だが本当の戦争では、人を殺す目的で作られた銃から弾が発射され、被弾した兵隊の身体は砕け飛び散り、ウジが湧き腐敗して土になる。激しい苦痛と家族への無念や死への恐怖があった事だろう。中にはそれすら感じる間もなく死んだ兵隊も多くいた事だろう。

実際の戦争では、ゲームのように弾に当たっても、リセットしてもう一度初めからなんか出来やしない。死んだ兵隊は決して生き返ったりしない。残された家族の痛みは一生消えやしない。

その軍服を着て戦った兵隊や、戦死して遺骨の代わりに勲章が届けられた遺族がいた事を想う。戦争の記憶を歳月という風雪が遠ざけ遺品の散逸はさらに進む。

国のために命を捧げ死んでいった多くの兵隊に、今の政治や繁栄は、あなたたちの夢見た国の姿ですと胸を張って言えるだろうか。

九、戸籍謄本・過去帳・墓石

祖父の事を調べる手始めとして、市役所に出向きに戸籍謄本の請求をする。市役所の窓口係に、戦死した祖父の慰霊に行くので、戸籍謄本を出来る限り遡って出してほしいと伝える。窓口係はとても親切に、交付請求書の記入方法について教えてくれた。それも手書きの謄本の写しが出され、明治二〇年代生まれの曾祖父にまで遡れた。市役所の窓口で短時間に出せた事に驚く。市役所の窓口が明治二〇年代にまで繋がっていた。そういわれてみれば私たちの子供の頃は、生年月日の欄に普通にM・T・S、と明治のM、大正のT、昭和のSがあった。さすがにEの江戸は記憶に無いけど。

後日調べてみると明治五年に新橋横浜間に鉄道事業が開始され、明治一〇年に西南戦争、明治一六年には鹿鳴館開館落成、明治二二年大日本帝国憲法発布、明治二七年日清戦争開戦があり、はるか遠くに感じていた江戸や明治時代を具体的に感じ、歴史は確実に繋がっていると改めて実感する。坂本龍馬の護衛役として寺田屋襲撃で龍馬を守った三吉慎蔵は、下関市長府出身で明治三四年に亡くなっている。

祖父が生まれた明治四一年からブラジル移民政策が開始され、祖父が十歳の頃にはスペイン風邪の世界的な流行で多数の死者を出し、五年後の祖父一五歳の時に関東大震災が発生している。おおよそ一〇〇年前に起きた世界的なインフルエンザの流行や日本を襲った大規模な地震は、子供の祖父にどの様に映ったのだろうか。

大規模な地震については二〇一一年に発生した東日本大震災後と捉えるべきであろうか、それとも南海トラフ地震前と捉えるべきであろうか。そして、これらの疫病や災害は現在私たちが直面している大きな問題であり、必ずや克服しなければならない課題でもある。

戸籍謄本には生年月日「明治四一年（一九〇八年）二月六日」・除籍理由：「昭和二〇年五月一七日時刻不明・ルソン島・マニラ周辺・方光山附近にて戦死」と記載されている。祖父が存命なら今年（二〇二〇年）一一二歳を迎える。

靖国神社へ電話で祖父の戦没地と戦没日を問い合わせる。電話口で祖父の名前、住所、生年月日、私との関係を問われる。靖国神社からの回答は概ね祖父の戸籍謄本に記載された除籍理由と同じで、「昭和二〇年五月一七日時刻不明・ルソン島・マニラ周辺方光山附近にて戦死」である。

山口県健康福祉部長寿社会課に電話で問い合わせをすると、兵籍簿と死亡者生死不明者原簿が保存されている事が分かる。これらの写しを取り寄せる為の申請用紙を郵送してもらう。後日申請書が届き必要事項を記入後、申請者である私との関係を証明する戸籍謄本等の書類を同封して返送する。

その後山口県健康福祉部長寿社会課から兵籍簿と死亡者生死不明者原簿が届く。やはり兵籍簿や死亡者生死不明者原簿には戸籍謄本と同様に「昭和二〇年五月一七日時刻不明・ルソン島・マニラ周辺方光山附近にて戦死」と記載されてある。

山口県から返送された書類や市役所に残る戸籍謄本、靖国神社からの回答などの公的なものに関しては一字一句の違いもなく、戦没日昭和二〇年五月一七日、戦没地フィリピン・ルソン島・マニラ周辺・方光山附近にて戦死と統一されている。

菩提寺の過去帳を調べる。戦没日は昭和二〇年五月一七日で公的なものと同一日だが、戦没地は公的書類にある「ルソン島・マニラ周辺方光山附近にて戦死」ではなく「フィリピン・ルソン島・マニラ湾」と書かれてある。過去帳では祖父はルソン島を目前にして、上陸果たせずマニラ湾にて海没した事になる。過去帳に書かれた祖父の戦没地について、大きな疑問が浮上する。

祖父の墓石を調べた。墓地の敷地内には二つ墓石があり、累代墓と祖父の墓が並んでいる。

祖父の墓について二つの思い出がある。

一つは生前に父は、戦争初期に戦死した遺族には国から石造りの墓石が立てられたが、祖父が戦死した終戦近くになると、国からの墓はセメント造りで、表面に細かい石を吹き付け見栄えだけ良くした墓になったと話していた。戦死する兵隊が多くなるにつれ、材料や人材が不足していたのだろう。父は簡易に作られた墓を、祖父の姿と重ね不憫《ふびん》に感じたのでないかと想う。

二つ目は、今から約三〇年前、集落の墓地のほぼ中央に立っていた大木が台風で倒れ、祖父の墓石に直撃して墓石の上部が欠け亀裂も入った。倒木の周囲には祖父の墓石の他にも多く家の墓石が立っていたが、倒木の被害にあったのは祖父の墓石だけだった。木が倒れ墓石に傷がついた事を運が悪かったと言う人もいたが、両親は祖父が他家の身代わりになり、災いを一手に引き受けてくれたのだろうと話していた。私もその話をしている父と母を少し誇らしく感じた。確かに他家の墓の身代わりになってくれたのかも知れないが、よくよく考えれば祖父の墓石の直ぐ側にある当家の累代墓を守ってくれた事にもなる。

本題に戻り、墓石から祖父の戦没地について調べる。祖父の墓石には戦没場所と戦没年月日が彫られ、戦没日は昭和二〇年五月一七日と他の資料の戦没日と同一であるが、戦没地は「戦没地フィリピン・レイテ島」と彫られている。島に上陸した事にはなるが、同じフィリピンでも全く違う島のレイテ島と彫られている。公的なものはルソン島、過去帳にはマニラ湾、墓石にはレイテ島と書かれてあり、祖父の戦没地について謎は深まるばかりだ。

過去帳と墓石の戦没地の相違は、私たちの家の誰かの指示によるものなので、公的に統一されているフィリピン・ルソン島・マニラ周辺・方光山附近で戦死した事にまず間違いないだろうと思う。

過去帳に書かれているマニラ湾戦死とあるのは、フィリピン近海では敵潜水艦や戦闘機の攻撃により多くの船舶が沈められ、上陸は非常に困難な状況であった。フィリピンから帰還した同胞の軍人や軍属から、マニラ湾で沈められた船に祖父が乗っていたという、誤った情報が家族へ伝えられたのではあるまいか。

あるいは、祖父が乗船していた船が沈められたのは事実で、マニラ湾内でなら泳ぎ着けたかも知れないし、撃沈された船の一部につかまり陸に着けたのか、または日本の船に救助されたのかも知れない。

戦地からの手紙は無いので、全て推測ではあるが、祖父が乗船した船は本当に沈められたが、奇跡的に命が助かり上陸した可能性はあるかも知れない。マニラ湾で戦死とあるのは、乗船した大勢の兵隊が亡くなり生存者は無いと思われた中で、祖父が必死に泳ぎ上陸していたら。「マニラ湾にて戦死」については事実ではないかも知れないが、そう判断せざるを得ない状況だったのかも知れない。

祖父は生き抜いて、そして最終戦没地という言葉があるとすれば、そこがフィリピン・ルソン島・マニラ周辺・方光山附近といえるのかも知れない。

墓石に彫られたレイテ島も、当初フィリピンでの戦闘はレイテ作戦と呼ばれる事があり、フィリピンでの初戦がレイテ島から始まった事や、レイテ島にも多くの陸軍の兵隊が送り込まれた事等から、フィリピンでの戦いを総じてレイテと錯誤したものと思われる。

一〇、死亡者生死不明者原簿

山口県長寿社会課より届いた「死亡者生死不明者原簿」の写しの内容を確認する。死亡者生死者不明原簿は、縦長の短冊型で、上段から氏名、階級、所属、死亡生死不明日時、死亡生死不明日時、遺族、本籍地等が記載されている。

「死亡生死不明日時昭和二〇年五月一七日、死亡生死不明場所ルソン島マニラ周辺方光山附近」とあり、戦没日、戦没地共に公的な書類と同一である。

一一、臨時陸軍軍人（軍属）届

山口県健康福祉部長寿社会課から届いた「死亡者生死不明者原簿」と「兵籍簿」（後に記載）以外に、些細な資料でもよいが残っているものは無いかと尋ねると「臨時陸軍軍人（軍属）届」があるという。申請用紙も以前提出したもので対応でき再提出の必要もないとの事。暫くして「臨時陸軍軍人（軍属）届」が手元に届く。

臨時陸軍軍人（軍属）届は、出征した家族に兵隊の入隊年月日や現在の所属部隊、現況を問うものであり、基準日は昭和二〇年三月一日としてあ

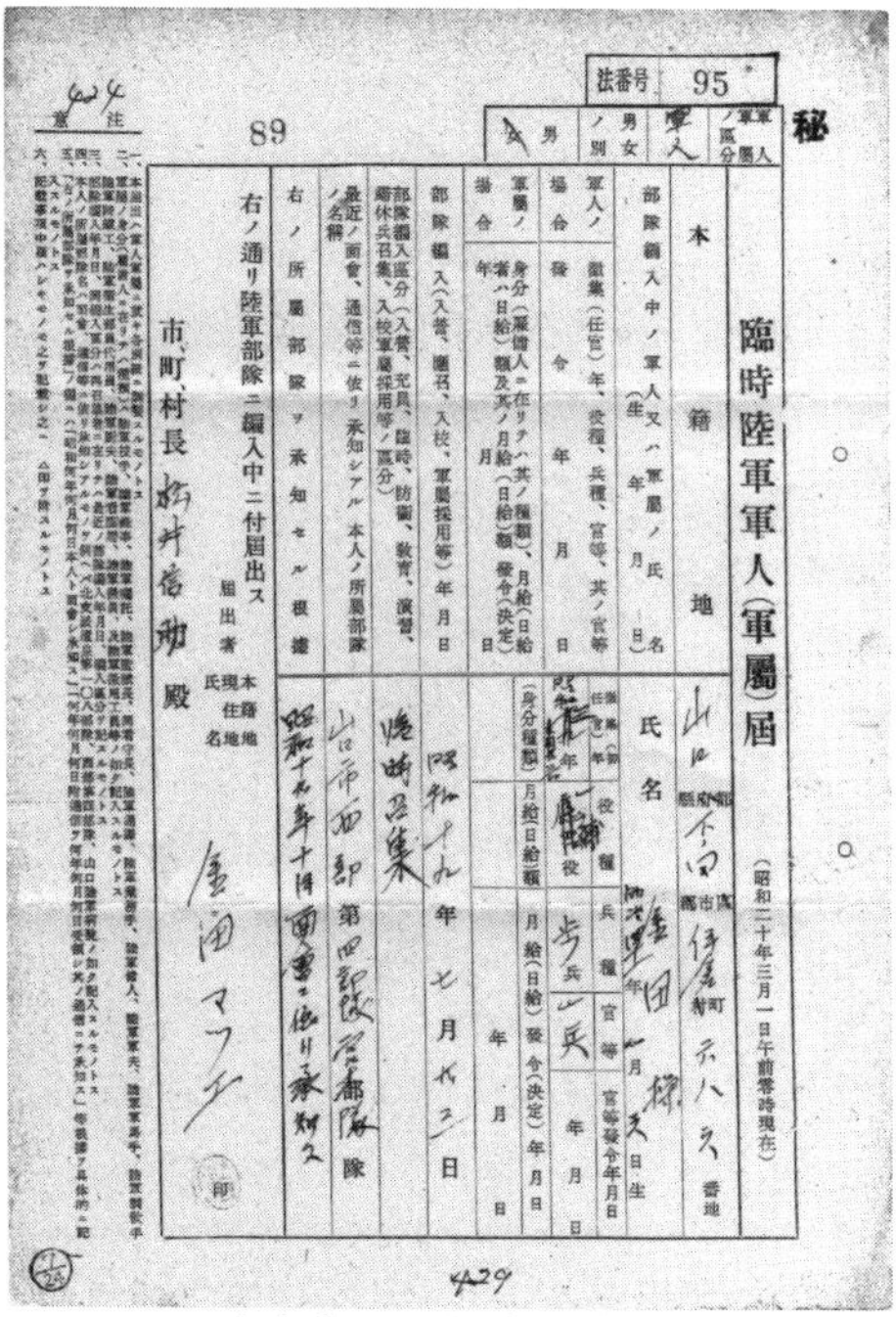
秘
法番号 95
89
臨時陸軍軍人(軍属)届
(昭和二十年三月一日午前零時現在)
軍人軍属ノ区分　軍人
男女ノ別　男
本籍地　山口県　市町　番地
氏名
部隊編入中ノ軍人又ハ軍属ノ氏名（生年月日）　年　月　日生
軍人ノ場合　徴集（任官）年、役種、兵種、官等、其ノ官等発令年月日　役種　兵種　歩兵　官等　官等発令年月日
軍属ノ場合　身分（雇傭人ニ在リテハ其ノ種類）、月給（日給）額及其ノ月給（日給）額発令（決定）年月日
部隊編入（入営、応召、入校、軍属採用等）年月日　昭和十九年七月　日
部隊編入区分（入営、充員、臨時、防衛、教育、演習、短期兵召集、入校軍属採用等ノ区分）　臨時召集
最近ノ面会、通信等ニ依リ承知シアル本人ノ所属部隊ノ名称　山口市西部第四部隊
右ノ所属部隊ヲ承知セル根拠　面会ニ依リ承知ス
右ノ通リ陸軍部隊ニ編入中ニ付届出ス
届出者　本籍地　現住地　氏名
市、町、村長　殿
印
注意
429

臨時陸軍軍人（軍属）届

る。家族との面会時に知り得た情報や戦地から届いた手紙を記入して市町村へ提出する書類である。推測ではあるが、戦闘による兵隊の減少に伴い他部隊との混成臨時部隊が編成され、国も兵隊の所属を正確に掌握する事が困難になっていたのかも知れない。

これによると妻マツエは昭和一九年十月に操と面会しており、所属は山口市西部第四部隊宮本隊所属と届け出ている。この届出書で祖母のマツエが書いた文字と初めて対面した。マツエは写真で見る限り上品で美人だが、文字に勢いがあり男の私の筆跡によく似ている。

その妻マツエに癌が見つかり、死の床に就いたのは寒い冬であったが、西瓜が食べたいと言ったそうだ。その時祖母の意識は朦朧《もうろう》としていたのかも知れない。息子（私の父）は母（私の祖母）の最後の願いを叶えようと、冬の寒空の下無理を承知で門司や小倉まで西瓜を探しに行き、やっと一玉の西瓜を見つけ買い求め果汁を口に含ませる事が出来たという。

祖母は私が一歳の時に亡くなった。闘病中ずっと私の子守をしてくれたそうだ。祖母の目に私はどう見えたのだろうか。私は一歳なので何も覚えてはいないが、私を形成している無意識の記憶として、祖母の記憶の断片は一生浮遊し続けていると信じている。

一つ不可解な事がある。それはマツエが操と面会したと届け出た月だ。問「最近ノ面会、通信ニ依リ承知シアル本人ノ所属部隊ノ名称」に「山口市西部第四部隊宮本隊」と答え、「部隊ヲ承知セル根拠」の問いに「昭和一九年一〇月面会ニ依リ承知ス」と答えている。

昭和一九年一〇月に、マツエは操との面会により、山口市西部第四部隊宮本隊に所属している事を承知したと書いてあるが、後の項に出てくる厚生労働省からの「個人調査票」では、祖父は昭和一九年八月には下関港からフィリピンに向けて出港しており、出港した二か月後の昭和一九年一〇月のマツエが操と面会したとの報告に矛盾する。マツエが面会したという一〇月には、操がフィリピンへ向かう船上かフィリピンに上陸している頃だ。厚生労働省の「個人調査票」の誤りも考えられなくはないが、慰霊巡拝中に添乗していた厚生労働省職員に「個人調査票」の内容について確認すると、複数の資料を突き合わせ整合性を図っているとのこと。フィリピン上陸後に関しては多少の不確かな部分はあるかも知れないが、昭和一九年八月に地元である下関港から出港したとの内容に間違いは無いものと思う。
軍人届の基準日は昭和二〇年三月一日現在であるから、昭和二〇年の三月以降に記入したものと思われるが、妻マツエは夫と面会した月を二か月も間違うだろうかと疑問は残る。

面会で知ったと書いてあり、問いの中にある「通信等に依リ……」には該当が無い為、戦地からの手紙は存在しないものと思われる。操は手紙を出さなかったのか、それとも出したが届かなかったかも知れない。臨時陸軍軍人届の基準日昭和二〇年三月一日の約二か月後、五月一七日に戦死する。妻のマツエが報告していた頃には、祖父はもう戦死していたのかも知れない。

一二、兵籍簿

　山口県健康福祉部長寿社会課へ軍歴を請求すると、兵籍簿が残っているとの事。兵籍簿もほぼ死亡生死不明者原簿に記載されている内容と同様であり、重複する部分が多いが、左上に付箋が貼付されており、それには、「南方軍（比島　モンタルバン）威（小林兵団）一九年七月山口四部隊入隊同年八月下関港出港　比島派遣　威四二二阪東部隊西川機関銃中隊　本籍地同ジ　金田マツエ」と記されている。祖父と共に戦い生還した戦友が、

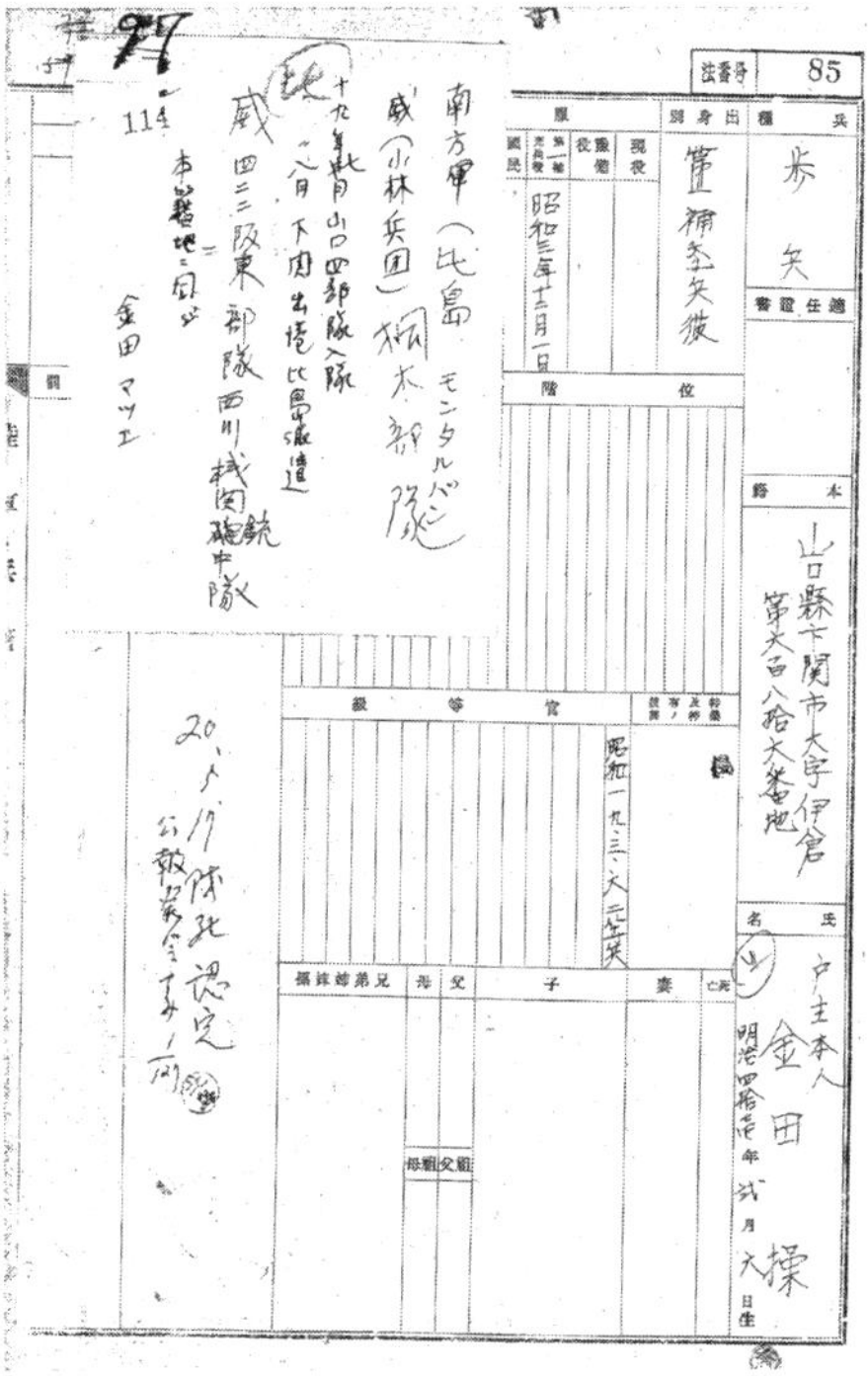

兵籍簿の付箋により小林兵団阪東隊に属していたことが分かる

祖父の戦死した状況を妻のマツエに報告したものが貼付されたものと思われる。

この付箋からは、当初山口四部隊に入隊し、下関港から比島に派遣されたが、敵潜水艦から攻撃され多数の兵隊が海の中へ沈み、上陸出来た兵隊を寄せ集めて小林兵団・威四二二部隊・阪東部隊西川機関銃中隊が編成され、モンタルバンを守備する戦闘で戦死したものと思われる。

この戦友の報告が付箋として残っていたおかげで、祖父がフィリピン上陸後小林兵団阪東隊に属していた事が分かり、次の資料への橋渡しとなり、戦歴を調べていく上で大変重要な資料となった。妻マツエに報告してくれた戦友、そして記録として兵籍簿に貼付してくれた役場の人のおかげで、私が祖父の戦歴を調べる事が出来る。もう既に亡くなられているかも知れないが、これらの人々に心から感謝する。

終戦後、同じ村の中で復員してくる兵隊もいただろう、負傷をしていた者もいただろう。その中で安否の分からぬ主人の帰りを待ちわびる家族の心中は、どれほど辛いものであったろう。祖父の戦死した状況報告をしなければならない兵隊と、覚悟していた事とはいえ報告を受けなければならない妻マツエの悲痛な思いを慮《おもんぱか》る。

一三、ＮＧＯ

軍歴の付箋に書いてあった操が所属していた林兵団阪東隊と、戦死したモンタルバンについて「ＮＧＯフィリピン戦没者慰霊碑保存協会」にメールで問い合わせたところ、直ぐに回答をいただけた。私たちの知らないところで、このような組織があり、問い合わせに即座に答えていただけた事にありがたいと思う。ＮＧＯからの回答を次に記す。

問い合わせの小林兵団とは、当時マニラ防衛隊のあった小林隆少尉から名前を取って呼ばれていた師団クラスの規模の大きな部隊です。

阪東部隊とは、小林兵団に所属していた、阪東康夫大尉を隊長とした阪東臨時歩兵第七大隊だと思われます。西川機関銃中隊という記述は当方の資料では見つかりませんでした。

モンタルバンのワワ・ダムのある地域は、マニラ方面の水源地になっていたため、そこを死守する日本軍と水源を確保したい米軍との間で激戦になった地域でもあり、終戦までに多くの将兵が命を落とす事になりました。

方光山とは日本名であり、現在その名前で呼ばれている山はありませんが、ワワ・ダムの名称は現在もそのまま使われており、当時の資料からワワ・ダムと附近に方光山がある事が分かります。


以上が回答であり、その中にあるワワ・ダムでの戦闘についてネット検索すると、小林兵団は昭和二十年五月十七日にワワ・ダムであった戦闘で、多くの兵隊を失うとある。

ワワ・ダムで戦闘があった昭和二十年五月十七日は、祖父の戦死した日と同じであり、祖父はワワ・ダムを死守するための戦闘で間違いなく戦死したと思われる。「多くの兵隊を失うことになる」の多くの失われた兵隊の中に、祖父が含まれている。

一四、個人調査票

順番は前後するが、慰霊巡拝でフィリピン到着後、厚生労働省の職員から現地追悼式について説明があり、参加者個人の戦没者について個人調査票が配付された。個人調査票は厚生労働省が慰霊巡拝に参加した遺族のために作成したもので、戦没者の略歴が記載されてあった。戦没日や戦没地は公的なものと同じではあったが、祖父の所属第七大隊は戦闘が続く中において第八大隊と合流して混成部隊となった事など、これまで調べても分からなかった事が記載されていた。

個人調査票に記載されている事を紹介する。

戦没状況　戦死・身分　陸軍軍人（伍長）・最終所属部隊　臨時歩兵第七大隊　戦没者の略歴　昭和一九年七月山口第四部隊入隊・昭和一九年八月下関港出港、比島派遣。臨時歩兵第七大隊西川機関銃中隊・昭和二〇年三月二九日モンタルバン河とポソポソ河との合流点に集結し、正成山、政行山の陣地を守備する・昭和二〇年五月一七日呂宋島マニラ周辺方光山附近にて戦死（陸軍伍長）（以上、山口県及び当局保管資料による）とある。

部隊略歴は祖父の所属していた臨時歩兵第七大隊の略歴ではなく、共に戦った臨時歩兵第八大隊の略歴が添付されていた。

昭和二〇年三月二九日に臨時歩兵第八大隊は、臨時歩兵第七大隊長の指揮に入り、モンタルバン河とポソポソ河との合流点に集結し、正成山、政行山の陣地を守備する、とある。祖父の所属する第七大隊と第八大隊とが編成され、第七大隊の隊長が指揮を執っている。両隊は戦死や傷病で戦える兵隊が減少し、第八大隊の隊長が負傷や戦死により指揮できない状況となった為、第七大隊の隊長が編成された大隊の指揮を執ったものと推察される。消耗戦で兵隊が戦えなくなる中、隊を編成して兵隊の数を維持しなければ戦えず、武器や食料も枯渇し傷病兵への対処も困難であったものと推測できる。

祖父の第七大隊に編成された第八大隊の記録を見ると、六月三〇日万古山に進出し自活自戦の態勢に移る、とある。自活自戦という記述に当時の悲惨な戦況が分かる。すでに隊としては行動する事すら出来なくなり、各々が食料を求め戦えという事だろう。隊を維持する事すら困難な状況まで追い詰められていたものと思われる。

記述を読むと八月一五日停戦、九月二日終戦とある。少数の生存者は終戦後米軍の収容所に収容され各個に復員する、とあり、少数の生存者の記述に心が痛む。阪東隊五七三名の内、生存者は四三名とデータもあり、生存者は一割にも満たない。

一五、『巡拝と留魂』

小林兵団阪東隊に関する事を調べると、『巡拝と留魂』という書籍が出版されている事を知る。『巡拝と留魂』は小林兵団阪東隊の部隊長が所属した隊員に配付したもので市販はされておらず、隊員に配付されたものが市中に出回る事もない。調べていくと部隊長出身地の奈良県立図書館と靖国神社に寄贈したものが現存している事が分かり、奈良県立図書館から山口県立図書館へ書籍を一時移管の申し込みをする。新型コロナウイルスの影響で図書館の休館が続き、『巡拝と留魂』が山口県立図書館まで移管されるのに二か月以上要した。

その本の中を繰っていくと、臨時歩兵第七大隊（威四二二部隊）大隊本部・一般中隊名簿があり県順に並んでいる。山口県の隊員名を順に探していくと、その中に金田操の名前を見つける。

遠くにあった本の中に、探し続けそして偶然のチャンスが無ければ決して巡り合えない金田操の名前と出会えた。パズルで最後一つのピースに出会えたように感じた。

金田操の文字は長い間、遠いところから私が探してくれるのを待っていたように感じた。

小林兵団阪東隊名簿では、山口県の兵隊は五五名の内、戦死者は五〇名であり戦死者は約九割となる。軍属や衛生兵も多数戦死しているが階級が上になるほど戦死する率は低くなっている。

一六、小林兵団阪東隊

祖父がフィリピン・ルソン島上陸後に編成された小林兵団阪東隊の状況について、書籍『巡拝と留魂』に詳細が記述されており、一部抜粋したものを次に記載する。

昭和一九年末、マニラには旧城内、平站を中心に海没部隊の生存者や、船便が無くて本体に追及できない者、日本国への後送途中やむなくマニラに上陸した者、飛行機のなくなった航空関係部隊、船のなくなった船舶部隊、陸軍あり、海軍あり、在留邦人で家財道具を二束三文で処分して内地へ引き揚げようとする者、やむなく日本軍と運命を共にしようとする者、現地召集された者等でごった返していた。

わが第七大隊と同じように臨時歩兵第八大隊まで八個大隊が編成された模様で、他に迫撃砲大隊、噴進砲大隊、船舶部隊、航空地上部隊等々でマ防（マニラ防衛隊）を中心に小林兵団（小林隆少佐）が編成された。いつの頃からか臨時歩兵第七大隊では長ったらしい。威四二二部隊では分かりにくい。最期までどこの指揮下にも入らず、兵団直属でしかも多くの隊が編入または配属されたので、兵団でも隊内でも、「阪東部事になる。

隊」と呼ぶようになっていた。主力はマニラ東方高地に陣地占領し、持久戦をはかる

『巡拝と留魂』にある小林兵団阪東隊の編成に関する抜粋は以上であるが、この後アメリカ軍の日本本土決戦を遅らせるために、多くのフィリピン人や在留邦人にも多大な犠牲者を出す悲惨な戦いとなる。

一七、祖父について

祖父は明治四一年（一九〇八年）農家の長男として生を受け、二一歳で結婚、五人の子に恵まれ、昭和一九年三七歳で召集される。当時は四〇歳過ぎれば召集は稀になり、三七歳での召集は比較的高い年齢であった。終戦の前年での召集でもあり、戦況がそれほど逼迫していたものと思われる。

自分の息子のような歳の兵隊と一緒に行動するのは苦労も多かったと思う。その中でも終戦の三か月前まで、戦場でよく生き抜いてくれていたのだと思う。

昭和二〇年年五月一七日ルソン島マニラ周辺方光山付近にて戦死するまで、ワワ・ダムの水源確保のために激しい攻防戦が繰り広げられ、圧倒的な敵との火力や兵員数の差により他部隊は転進するが、祖父の部隊にダム死守の命令が下り、敵との激しい攻防戦の末に戦死したと推察される。

祖父　金田操

一八、フィリピン慰霊巡拝出発

出発日（二〇二〇年二月）の一か月前にはルソン島にあるタール火山で突然の噴火があり、噴煙は一五〇〇メートルにも達した。その後火山活動は終息したが噴火による降灰は、マニラ都市部も含め都市機能の一部に制限をもたらし、私たち慰霊団の利用する予定のニイノ・アキノ国際空港は火山灰の影響で一時閉鎖された。

また、年初より新型コロナウイルス感染が全世界に拡散する兆候をみせ、慰霊巡拝出発月の二月には、横浜港に接岸したクルーズ船ダイヤモンド・プリンセス号から、乗員乗客の新型コロナウイルス集団感染が懸念されていた。

フィリピン慰霊巡拝帰国後の三月末からは、フィリピンへの入国も査証（ビザ）免除特権が停止され入国が実質不可となり、全く先の見通せない状況が続く事になる。今後新型コロナウイルスのワクチンが出来たとしてもウイルスを完全に制圧する事は困難だと思われ、しばらくはウイルスと共存する生活が続くと言われている。振り返ってみれば火山噴火と新型コロナウイルス感染拡大中で、針の穴を通すような間隙《かんげき》を縫ってのフィリピン慰霊巡拝だった。

令和二年二月、厚労省主催のフィリピン慰霊巡拝団の一員として、祖父が戦死したフィリピン・ルソン島での現地追悼式に出発する。実施期間は二月十二日から八日間。全国から募った慰霊巡拝の参加者は、戦没地ルソン島西部とミンダナオ島の一班（参加者二一名）、レイテ島とパナイ島の二班（参加者一四名）と私が参加したルソン島北東部の三班（参加者二二名）の三班に分かれる。

私たち三班の構成は子世代と孫世代の割合は半々であり、男女の割合についてもほぼ同数であった。他の班についても同様の傾向にあるようだ。

各班には日本から厚労省職員二名（男・女）、添乗員（男）と看護師（女）が同行し、フィリピン到着後には通訳兼ガイド（女）と現地の運転手兼補助員二人（男）が加わり計六名が、私たちの心強いサポート隊として最終日まで行動を共にしてくれる。

厚生労働省の男性職員は、常に笑顔を絶やさず、皆が安心できるような存在であった。とても無駄がなく常に冷静で理論的な話し方をされ、参加者の心情に寄りそった対応が自然にできる人でもあり、それはこれまで数多くの慰霊巡拝の実績があるからだろう。厚生労働省の女性職員は、主に事務方の役目と現地慰霊での祭壇の準備も含め細やかな対応ができる方だ。日本から同行した添乗員の男性は、普段は旅行会社の添乗を主な仕事としており、子供の頃にアメリカに住んでいたそうだ。後日私に起きたトラブルを解決してくれて大変感謝している。看護師の女性は毎朝参加者の血圧と体温の測定をしてくれた。参加者の約半分は子供世代の八〇歳代で心配も多かったと思う。看護師という職業柄か気さくな話し方をされ、普段はフリーの看護師とし、修学旅行など看護師が必要とされる旅行の同行をされている。今回慰霊巡拝の後半で発熱した参加者を手厚く看護されていた。現地添乗員の女性は日本人であるが、フィリピンで家庭を持ち生活の基盤はフィリピンにあるそうだ。慰霊巡拝の添乗歴が長く、戦没地について詳しく勉強されている。現地運転手兼サポーター男性二人の内一人は大柄で、以前統治していたスペインかアメリカ系の顔立ちでサングラスが良く似合いバスの運転をして、もう一人は小柄な現地の方で主に現地慰霊祭のサポートをしてくれた。日本人だけで慰霊祭をする事は容易ではないかも知れない。この二人のサポートのおかげで、現地でのトラブルもなく予定通り慰霊祭を行う事ができたのだと思う。改めて素晴らしい六名に感謝したい。

一九、フィリピン慰霊初日

慰霊巡拝団のしおりには「日本国政府派遣の慰霊巡拝団は、先の大戦において戦域となった全ての地域戦没者の慰霊を行う事を目的としており、戦没された全ての遺族の代表として慰霊を行う責務がある事を理解願う」とある。

先ず「日本国政府派遣の派遣団は……」と書かれていることに重責を感じる。そして私達巡拝慰霊団が行くフィリピンには、想像を絶する悲惨な戦禍の中で無念の死を遂げ、未だ故郷へ帰れない多くの魂が眠っていると思うと改めて気が引き締まる。

二月一二日夕刻、ホテル日航成田での結団式で参加者の顔合わせと最終説明を受け、一三日早朝、成田空港からニイノ・アキノ国際空港へ飛び立つ。この日から最終日まで参加者は毎朝、体温と血圧を測定される。私の血圧は若干高めだが、逸る気持ちのせいか。

飛行機から見下ろすキラキラと輝く美しい洋上に、今でも領海について国家間の実行支配等による駆け引きが存在している事を残念に思う。

昼過ぎに、フィリピンのニイノ・アキノ国際空港に到着する。日本で二月と言えば年間を通して一番寒い時期だが、到着したマニラは乾季が始まったばかりで暑く、空港のドアが開くとそこには真夏の太陽があった。

エアコンの効いている空港からバスに移動する間にも、日本との気温差二五度以上のむせかえるような熱風と、刺すような強い日差しを感じる。赤道近くに位置するこの国の強烈な日差しは、瞳孔を広げ風景から色を奪い去る。アスファルトからの照り返しは眼を射り、一瞬全ての景色を輪郭だけにする。

街を行きかう人々の白いシャツは眩しく、その背後で扇を広げたような大きな葉が息をするようにゆっくりと揺れている。現地の添乗員の誘導で、空港の駐車場内を移動して大型バスに乗り込む。バスの車内はエアコンが効いているが、足にかいた汗でズボンがまとわりつく。飛行機の中で厚手の上着を脱ぎ夏物の半袖シャツになっていたが、夏物のズボンはスーツケースの中に入れたままで、バスの下段のトランクに皆のスーツケースと一緒に収まっており取り出せない。上は半袖夏仕様、下は厚手冬仕様だがホテルに着くまで半日の我慢だ。

バスの窓から見ると、街角のいたるところにショットガンを持った警備員が立っているのが見える。立っているのはホテルや銀行、マーケット、コンビニ等主にお金と人が集まる場所の出入り口付近だ。日本ではまず出会う事の無い光景なので緊張する。去年フィリピンのドゥテルテ大統領は「麻薬捜査中に警官が人を殺しても罪に問わない」と公言し、無関係の人も含め数千人の死者が出たニュースを思い出す。この国では銃は非常に安価で求められ所持率も高い。

鈍く光るショットガンを手にした警備員の前を通る度に、出勤前に奥さんと喧嘩なんかしてないですよね、今日の暑さはイライラさせていませんか、私は善良な日本人ですが間違った認識をされていませんよね、と呪文のように唱《とな》え、善良な犬のようにしっぽを振り通り過ぎる。間違っても「ワン」と吠えたりしない、吠えたかったけど。だが、何回か接していると警備員は礼儀正しく笑顔で挨拶を返してくれる事もあり、私たちの安全を守ってくれる心強い存在であると思う。と、いうように強く思う事にした。

街の中には非常に派手な装飾を施したジプニーと呼ばれる乗り合いバスが往来している。現地添乗員の説明によれば、ジプニーはフィリピンで日常的に利用される乗り物で、決められた区間の往復をしており、乗り降りも自由で料金も非常に安価な移動手段だという。

ジプニー誕生の歴史は第二次世界大戦後、フィリピンに駐留していたアメリカ軍から払い下げられたジープの後部に座席を付け、乗り合いバスとして改造したのが始まりで、遠くから見ると小さな宮殿が走っているようにも見える。互いに装飾を競い合ったかのように、一切の迷いもなく過剰でゴージャスで過激だ。派手な飾りはジプニーの補助動力源として寄与しているのではないかとさえ思う。エンジンの馬力に、派手な飾りが何かしらのパワーを発生させ、エンジンを応援しているように。

外観は例えば必要以上に派手に飾り付けてしまって手に負えなくなった、暴走族仕様のイタイ乗り物に近いかも知れない。違和感としては、日本でも最近ほとんど見なくなったキラキラした屋根付きの宮型霊柩車を、初めて目にした外人が抱くものに近いのかも知れない。

バスは賑やかなマニラ市内を抜け、海岸と平行に走りリサール公園に着く。広大な面積のリサール公園には、スペインからの独立運動に命を捧げた「フィリピン独立の父」といわれるホセ・リサールの像がある。
リサール公園からマニラ湾を望む。七五年以上前に、制海権や制空権を奪われ潜水艦や戦闘機からの攻撃で、多くの日本人がこの地を踏む事なく海に消えていった。祖父には無事に上陸できた事への安堵はあったと思う。そして当時のマニラの街並みは、祖父の目にどのように映ったのだろうかと思いを馳《は》せる。

夕食を済ませホテルに戻りコンセント差込口の確認をすると、形状は日本と少し違うが差込に支障はなく、フィリピンの電圧は日本より高いが携帯電話やデジタルカメラの使用電圧範囲内なので充電は問題なくできる。日本から持って来た三個のバッテリーは出番がなくなり、慰霊巡拝が終わるまでスーツケース底でただ重いだけの存在となる。

二〇、フィリピン北部慰霊（ツゲガラオとバシー海峡慰霊）

目覚めて部屋の厚いカーテンを開ける。強く射し込む光は私の後ろにもう一人分の影を作る。太陽の光は溢《あふ》れんばかりに降り注いでいる。今日から現地慰霊巡拝の始まりだ。マニラ市街の建物や乗り物は暖色系の黄色や赤色等で彩られ、緑の森と混ざり合い、青空をバックに大きな入道雲は握りこぶしを振り上げ威嚇《いかく》している。まるで命を持った大きな塊が呼吸をしているようだ。入道雲の背丈については、初めから神様と約束事でもあるかのようにルールは厳格に守られ、背丈は制限内に抑えられている。背丈を超えた部分については、どうも神様の領域らしい。どの入道雲も同じ場所に留まり、腕組みをして睨《にら》み合っている。勝負に負けた方は勝った方に取り込まれ、次の対戦相手を求めて少しだけ移動する事が許される。

地面に射す日差しは徐々に力を増し、影はうるさく自己主張を始める。今日も暑い一日になりそうだ。仁王像のように立ちはだかる入道雲の足元をかすめ空港へ向かう。国内線に搭乗しルソン島北部のツゲガラオへ。飛行機は国際線を一回り小さくしたサイズで陽気な顔をしている。機体はカラフルに彩られ日本で見ると派手かも知れないが、この国では景色の一部として溶け込み良い塩梅だ。この国の太陽の強烈な日差しや大きな熱帯植物、そして歌でも歌い出しそうな建物や乗り物がそう感じさせるのだろう。

機内に座ると座席のシートはひどく劣化しており、緩衝材の役割をするスポンジは本来の役目を放棄している。スポンジがはみ出した座面は、食べ残したパンくずかポップコーンなどの菓子の残骸なのか見分けがつかない。アニメ映画が終わった後の、行儀が悪い子供達が食べ散らかした座席みたいだ。

頭を置く場所には四角い小さなカバーがあり、さんざんに使いまわされたあげく疲れ果て死んだように眠っている。あるいは誰かの頭髪の何本かと一緒に、背もたれ上部で力尽きて落ちないようにどうにか張り付いている。

機内で目にしたこれらの状況は、これからの飛行を考える私に良い影響を与えない。いつも飛行機に乗る度に、多少の不安を抱えながらどうにか我慢している気持ちの非常ベルを押す。結果として心拍数は速まり血圧は押し上げられる。体としては正しい反応だ。

飛行機のジェットエンジンは搭乗する前から稼働していたが、座席に着きシートべルトを締め、客室乗務員の緊急時における対処方法について短い説明の後、うたた寝から目覚めたライオンのように一気に出力を高め、滑走路の上を一直線に加速する。ジェットコースターでゆっくりと一番高い所まで連れていかれ、一気に深い谷底に突き落とされる、あの感じだ。

もうこれ以上は回せないという悲鳴に似たエンジン音が座席を振動させ、滑走路を加速するタイヤの音と多少の横揺れを伴いスピードを上げていく。この状況は私の心の中に不安を示すグラフがあるとすれば、赤く点滅する不安は急激に駆け上り見事な右肩上がりの軌跡《きせき》を残す。当然に私の心拍数も、心の中にある不安グラフと同期してフルスロットルだ。

突然タイヤからの振動と騒音が嘘のように消え、一定の回転を維持する為のエンジン音だけとなる。これまでの騒音に取り囲まれていた耳がようやく解放され自由になる。全ての重力が一瞬にして消え去り、ふわあっと体が浮くようなあの感じだ。たぶん打ち上げられたロケットが大気圏外へ出た瞬間の、無音で地球の重力から解き放たれた様な、といえばすごく大げさになるが多分そんな感じだろう。もちろん映画やテレビでしか知らないし、体験した事なんて無いですが。

片側の窓から射し込む陽の光は、機内の反対側に同じ数の白い窓の形を描き、機体の動きに伴い上下左右にゆっくりと移動している。窓から見える市街地は少し斜めになっている。しばらくしてエンジン音は落ち着き、高度を維持したまま飛行を続け、窓から見える緑の大地と青い空との境界線は水平になっていた。

飛行機の窓から見ると、全てを覆いつくすかのように広がる熱帯のジャングルの樹木は、無念の死を遂げた多くの人々が両手を上げて、上空を飛んでいる私たちに向かって叫んでいるように感じる。置き去りにされた人々を樹木の根が貫き縛る。ここに見えるジャングルに多くの人々が残されている。

徐々に高度を下げ、外の景色が次第に大きくなり家や車が判別できるようになる。着陸して直ぐのブレーキで体が後ろに引っ張られ、ツゲガラオ空港に到着する。滑走路のすぐ近くまで平屋の民家がせまっており、滑走路と民家を隔てる柵は極めて低い。飛行機の離発着が無い時、子供たちが滑走路でサッカーなんかして遊んでるんじゃあないだろうか、と思うくらいに滑走路と生活圏の境があいまいだ。

空港ターミナルで、ドゥテルテ大統領のポスターが笑顔で出迎えてくれた。そのポスターの左上が少し剥がれ、近くから吹き出すエアコンの風でポスターが揺れ、大統領が手を振って出迎えてくれるように見える。改めてこの国の大統領が、あの有名なドゥテルテ大統領なのだと再認識。行動はくれぐれも慎重にしなければ、と心の中で自戒する。

エアコンの効いている空港ターミナルから出ると、門前町のような直線の道が伸びている。寺院や神社は無いのに空港で門前町というのもおかしな言い方だが、おそらく空港を中心に人々が集まり、町が形成されていったのだろう。

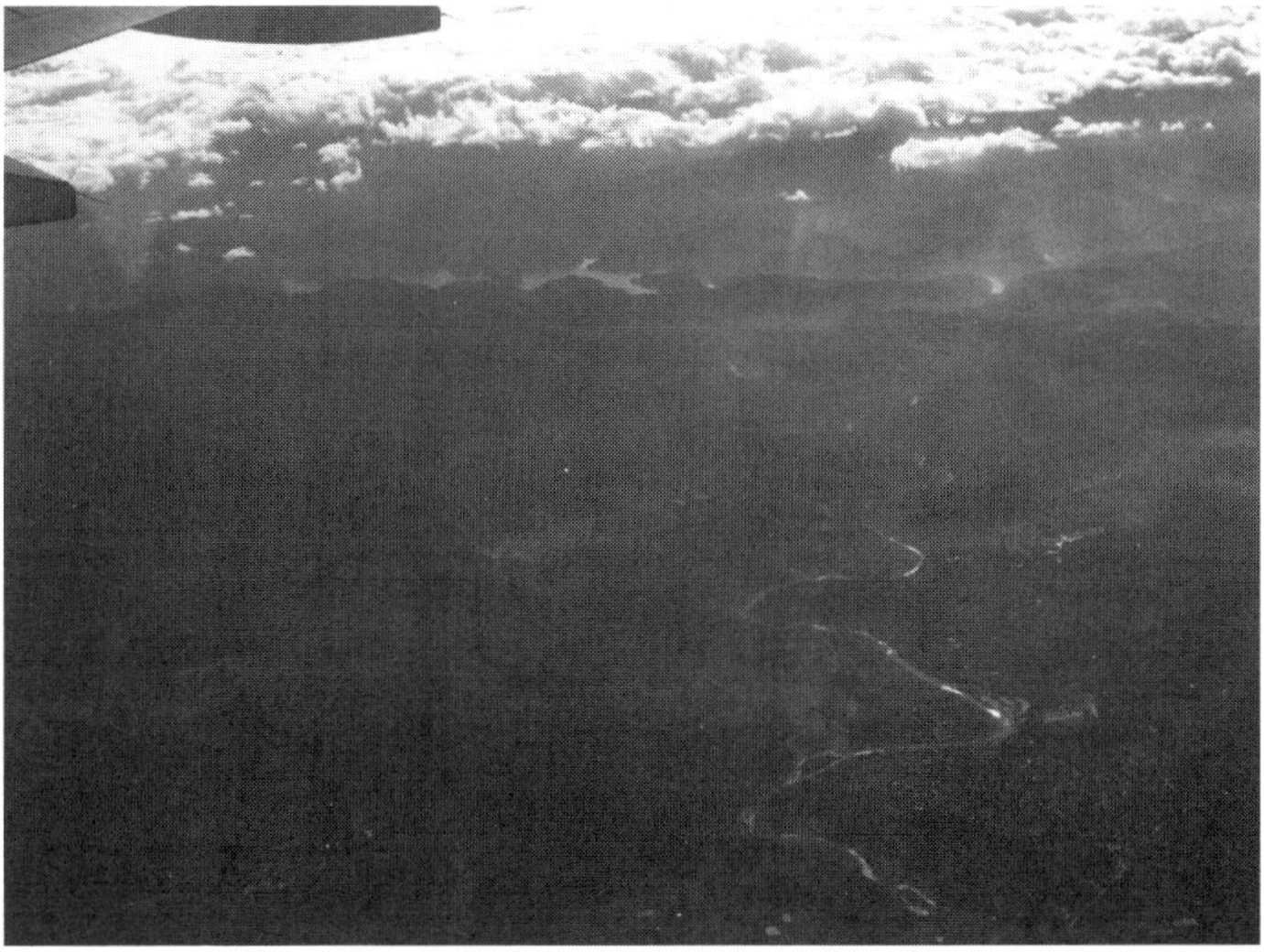

フィリピンの上空、故郷へ帰れなかった多くの魂が眠る

カラフルにペイントされた陽気な乗り合いバスが、空港から出てくる人々に大きなサイドミラーで「おいで、おいで」と手招きをしているようだ。私達のバスもやはり象が両手（前足）を前に出したようなサイドミラーのバスだ。バスは派手で陽気なバスではなく地味な色をしている。慰霊巡拝なので少し落ち着いた色のバスを手配したのだろう。バスは門前町を抜けてしばらく走る。

幹線道の路肩にバスを停め、ツゲガラオ周辺で亡くなった戦没者現地追悼式の準備を行う。フィリピンに来て初めての現地追悼式だ。現地で亡くなられた遺族の方が式台を組み立て、用意した供物の準備をしている。風が強く吹き国旗が外れるので、現地サポート員が手で押さえてくれた。少し離れた所で、紐でつながれた水牛はのんびり草を食《は》んでいる。何事が始まったのかと頭をこちらに向けるが、口を動かす事は止めない。

追悼式終了後に今夜宿泊するホテルまで移動する。ホテルでの昼食後、部屋に荷物を預ける。

部屋は玄関の直ぐ上の二階にあった。窓を開けるとすぐ左側に電信柱と変圧器が見える。そこから無秩序に、全くでたらめに、あるいは私にそう見えるだけで何かルールがあるのかも知れないが、数えきれないほどの配線が、電柱と変圧器に絡《から》み合って纏《もつ》れながら、しがみついている。山盛りのナポリタン・スパゲッティをフォークでぐいと頭上まで持ち上げたまま、さんざん暴れまわったあげくにもといた場所に戻ってきたナポリタン・スパゲッティのあわれな状態を想像していただきたい。

電柱が倒れないのは、変圧器から生えた根が空中をさまよい続け、無数に張り巡らされた根のようになり、それで倒れないのではないかと思うほどだ。雨降りだと変圧器と節操のない配線は、低いうなり声を上げるに違いない。とりあえず今夜雨が降りそうにない天気に感謝だ。

今日、二回目の追悼式となるバシー海峡を望むアパリ海岸へ移動する。

途中いくつかの小さな村を通過する。道路の傍では小さな店先に飲み物を並べ、天井からは菓子の長い袋を吊るしている。マッチ箱のような簡単な作りの店の壁には、若い女性が笑顔で片手に飲み物を持ったポスターが貼ってある。ポーズは日本の銭湯でよくやる「足は肩幅まで開き　左手は腰、右手は牛乳瓶のポーズ」に見えなくもない。同じような作りの店が何軒か続き、昼間の軒先に吊るされた電飾は夜に点滅するのをじっと待っている。

店の主は店先に出した椅子に座り、ほこりっぽい道をとおり過ぎるトラックを無表情で眺めている。光の三原色のようなパラソルの下に紐で吊るされ土産物と、プラスチックの一体成型で作られた椅子に腰かけた老人は、足を開きどちらも深く眠りこんでいるようだ。他の何人かも木陰で地面に尻をついて座り、頭を垂れうなだれている。

どこからか店の前までやってきた一匹のやせた黒い犬は、何かの同意をえるように店主を見上げ「いえ、なんでもありません」というような顔をしてどこか行ってしまった。白黒の猫はどこかに決まった目的地を持った勤め人のように、振り向きもせず道路を横切る。そういえば犬が吠えるのを見た事が無い。きっとこの暑さが犬から吠えるエネルギーを奪い去ったのだろう。

全ての生き物は、うなだれてこの暑さをやり過ごそうとしている。暑くけだるい午後の時間は、涼しくなる夕方までの仮眠の時間として、全ての生き物に等しく分け与えられ沈黙のうちに消費されている。

バシー海峡を望む海岸に到着する。子供たちは長い何本かの釣竿を、夕焼けに染まりはじめた凪ぎの海に向けて砂浜に立てている。

バシー海峡は台湾とフィリピンの間に位置しており、南方に向かう船舶が、敵潜水艦や戦闘機の攻撃により多くの犠牲者が出た海峡である。敵の攻撃でフィリピンの地を踏めずに亡くなった無念を思う。沖縄から日本本土へ疎開する学童を乗せた対馬丸の惨劇を思い出す。自分ではどうにも回避できない死へのくじ引きを、選択しなければならない状況を想像する。ロシアンルーレットと同じではないかと思った。いや、ロシアンルーレットで死ぬ確率より、洋上で船が撃沈され死ぬ確率の方が間違いなく高かったろう。

洋上で亡くなられた方はフィリピン、インドネシアの海域で九万人、中部太平洋地域で一〇万人といわれる海没者の内、収容された遺骨は七〇〇体にも満たない。これまで政府は「海が永眠の場所」とする見解を示し、積極的に収容してこなかった。しかし沈没船の付近でダイバーが遺骨を見つける事が増え、人目にさらされる遺骨に関しては収容しているようだ。この海の沈没船の中や周辺に残された数多くの遺骨を偲《しの》ぶ。

海没された海峡の方向を方位磁石で確かめ、祭壇を作り追悼式を行うが海風が強く難儀する。花と日本酒を海へ手向《たむ》ける。手向けた花は私たちから離れ難いのか波に押

バシー海峡へ花を手向ける

バシー海峡現地慰霊

し返され戻ってくる。

この海の底に眠る多くの無念の魂へ、この海は故国《ここく》へ故郷の山河へと続いている。心安らかにと心から願う。


夕焼けの国道をホテルに向かう。ホテルで夕食を済ませ部屋で休む。よく見ると部屋の窓と窓枠の間に隙間があり、窓の鍵は出来ず隙間は無くならない。あきらめて寝ようとするが、私の部屋はホテルの玄関の直ぐ上の二階にあり、ベッド近くにある窓の隙間から騒音が容赦なく入り込む。

路地裏に立地しているので車はスピードを出さないが、それでも道行く人の話し声や車やバイクの加速する音、フロントでの会話が直に入って来る。窓の下に据えてあるエアコンはぜいぜいと肺を病んだような息を吐き続け、吹き出し口の羽の何枚かは力尽き項垂《うなだ》れて死んでいる。

夜遅くになると、人々の話し声は歓声に変わり花火が加わる。何かのお祝いをしているようだ。現地の人のお祝い事か何かだろうと思って目を閉じる。暗闇の中で誰かが何かのお祝いの為に集い、車やバイクのクラクションや、爆竹のような花火が祝福している。この街で毎夜行われる儀式か何かなのだろうか。それにしても皆やけに元気すぎる。

　しばらくして今日が二月一四日である事に気が付く。そうだバレンタインデーだ。そういえばバスで移動中の村々には必ずといっていいほど教会があったし、かつてはスペインやアメリカが長く統治していた歴史がある。在職中も義理チョコだけだし、退職後は妻もくれないので全く縁が無く思い出せなかった。フィリピン慰霊巡拝の日程は二月一二日から十九日までで、三日目の二月十四日はバレンタインデーだった。

　日本から遠く離れた南の国の路地裏の、ホテルの玄関の直ぐ上にある二階の、窓が閉まらない部屋のベッドで、バレンタインデーの夜に病んだエアコンを相手に一人眠れず横になっている。「同病相憐れむ」と病んだエアコンがかすれた声で、しかも耳のそばで、しかも何故か日本語でつぶやき続ける。

　細切れにされた眠りから車のクラクションで何回か目を覚ます。その度に夢をみていた。車から轢《ひ》かれる夢だ。あまり好ましい夢とはいえない。何度か繰り返すうちに、私は車に轢かれ死んでしまい、クラクションで目が覚める事も無く浅い眠りにつく。逆に、本当の深い眠りにならなくてよかった。

二一、フィリピン中部慰霊（オリオン峠とバレッテ峠）

夜の波打ちぎわを一晩中歩き続けたような薄い眠りから目覚める。しばらくは文字通り目が覚めただけだった。カーテンを開けると朝から入道雲はにぎやかで乾いた風が入って来た。今日の現地追悼式は二か所の峠で行われる。長距離移動と山岳道によるバスの揺れに耐える一日となりそうだ。

バスの後ろの席で参加者の二人が、昨夜ホテルのシャワーからお湯が出なかったと話している。私は心の中で、部屋のシャワーは正常だったので助かったとつぶやく。しばらく窓の景色を見ていると、シャワーから湯が出ないのと、窓が完全に閉まらないのでは、どちらがより不幸だろうかと不幸を比べている自分に気がつく。「他人の不幸VS私の不幸」諸事情を考慮して厳正に判定した結果、私の方が絶対的に不幸だと判定する。敗者から判定についての異議申し立ても当然にない。私の騒音が、後ろの席のシャワーからお湯が出なかった人より不幸だと判定した理由として、南国でシャワーからお湯が出なかったとしても冷たい水が出る事はまず無いし、シャワーを使うのも短時間だ。私の騒音で眠れなかった苦痛の方が時間的にも長く、睡眠不足は翌日にも影響しているので私の方がより不幸だと結論に至る。確かに朝から眠い。

因みに、自分の身に起きた不幸の方が、たとえ他人から見ると些細《ささい》な出来事であっても、自分に都合よく拡大して感じてしまう事も充分に考慮して冷静に判定したつもりである。

まあ、どうでもいい事を考えながら、シートに体を預けバスの窓に頭をつける。まるで無声映画の撮影現場で車が走るシーンの、回り続けている背景のような田園風景と、頭に伝わってくるバスの振動は心地よいリズムとなり、昨夜の睡眠不足を補おうとするかのように誘《いざな》う。

ルソン島北部から南下し、現地追悼式を行うオリオン峠へ向かう。途中で雨が降りだすが、天気雨なのか生い茂るジャングルの上には青空が広がり、通り過ぎる村々にはキリスト教の小さく白い教会が見え隠れしている。その度に昨夜のバレンタインデーの騒ぎを思い出す。

オリオン峠着。戦地では峠は敵を迎え撃つ拠点になり、兵隊には死守する命令が下される。当時の戦況下で死守とは文字通り「死んでも守る」兵隊の死ぬ場所を意味する。自分の死ぬ場所は此処なのだと思い、兵士はこの景色の中で戦いと死の準備をしていたのだろう。フィリピン北部から南下してきた敵との戦いで、多くの戦死者や戦病死者を出した峠であり、付近では今もなお日本兵と思われる人骨やヘルメットなどが出土するという。

慰霊碑は峠を走る幹線道路沿いの集落内にある。日本の遺族会や戦友会の高齢化による会員の減少や解散で、慰霊碑の維持が困難な状況になっているが、現地の方が維持管理をされている。このようにフィリピンには、地元の人々による善意によって守られている日本兵の慰霊碑が多くあるそうだ。慰霊を見ていた子供たちに供物のお菓子を渡す。子供たちは喜びを、素晴らしい笑顔として返してくれる。

オリオン峠現地慰霊

荷物を満載した大型のトレーラが土ほこりを立てながら行き交っている。バスは文句ひとつ言わずに射るような強い日差しの中を、対向車が来れば徐行しながら注意深く離合するか、またはどちらかが道幅の広いところまでバックしなければならない狭い山岳道路を丁寧に抜けて行く。

木の枝もバスの側面を時々撫《な》でている。高くなった外気のせいで窓の上にあるエアコンの吹き出し口は、もはや送風としての役割しか果たさない。

上り坂の途中で車の流れが止まる。下りの対向車ばかりが通り過ぎて行く。バスの運転手の話によると、上りトラックのオーバーヒートが原因で、この峠ではよくある話のようだ。

積載オーバーか、耐用年数を過ぎたトラックの整備不良が原因か、または両方が重なっているのかも知れない。この国に車検の制度があるかどうかも知らない。

中には日本ではまず車検に通りそうにないような、年老いたトラックが咳込むようにマフラーから黒煙を吐き「出せるスピードはこれで限界です。もうこれ以上アクセルペタルを踏み込むのは勘弁してください」とか「おい、こら、もうちょっと丁寧に扱ったらどうなんだい」とか言いながら走っているトラックを見かける。むろんオーバーヒートの原因を勾配のきつい坂道や暑い天気のせいにしては、道や天気が気の毒だ。

日常茶飯事の渋滞をあてにして、停止しているトラックを洗車するために大きな洗車ブラシを持って手招きしている人や、トラックのラジエーターに補充する水を売る人、飲み物や土産を売りにバスの近くまでやってくる人がいる。

店の奥では湧水をホースで直にペットボトルに入れてキャップを閉め、その上から被せた青いフイルムに庭用のヘアードライヤーで密着させてミネラルウオーターを作っている。意外と簡単だ。

人が誰も住まないようなジャングルの険しい峠だけど、必要とする人がいれば、どんなところでも必ず商売は成り立ち、需要と供給のバランスで価格が決められる。

南下してバレテ峠へ向かい現地追悼式を行う。陽が高くなるにつれて影は短く、そして強くなる。バレテ峠はルソン島の中央に位置し、北上する敵をくい止める重要な拠点である。ここでも峠を守るために多くの兵隊の戦死により、故郷への帰還を果たせない無念の魂が眠る峠となった。
慰霊碑は今もなお、攻め登って来る敵を見下ろすかのように、風を受け立っている。

バレッテ峠からの眺め

宿泊地のホテルに着き夕食をとる。フィリピンの食事はどこで食べても美味しい。香辛料などの独特の匂いも少ない。スペインやアメリカに統治されていた歴史が食文化に関係しているのかも知れない。ここでまたバレンタインデーを思い出す。
参加者の一人が食後のコーヒーを注文すると、砂糖、ミルク、スプーン、ポットに入ったお湯、空のコーヒーカップ、それと最後にビン入り粉末インスタントコーヒーのマクスウェルが出てきてびっくりした。個人の好みの濃さでビンからスプーンですくって作ってくれという事だろうか。

一緒にいた参加者は、サービス業として絶対これは無いだろうという日本における経験による否定と、「確認ですが、このテーブルの上に置かれた状況から判断しまして、ほんとに自分でインスタントコーヒーを入れて、お湯を注ぐという作業に進んで間違いはありませんよね」と確認するようにウェイトレスを見上げるが、ウェイトレスは何故私たちが目を見開いて顔を見ているのか、何を不思議がっているのか全く理解できない様子。「国か違えば文化が違って当然だ。必ずしも自国の文化が正しいとは限らない」と、頭の片隅で少しだけ思う。

インスタントコーヒーをスプーンで二杯カップに入れお湯を注ぐ。コーヒーのいい香りが広がる。白いテーブルクロスの敷かれた大きなテーブルの上に、コーヒーが置かれた場所だけがスポットライトで照らされたようにすごく家庭的になった。

夕食が終了後、連日のバス移動による運動不足解消のため、二キロ先にある地元のスーパーへ歩いて出かける。スーパーは夕陽の沈む方角にあった。夕陽に向かって進んでいると、途中まで犬がついてきて何かを問いかける様に顔を上げたが、何も貰《もら》えないと分かると離れていった。

バスでは分からない生活の匂いや様々な音がする。家の前を通り過ぎると、夕食の美味しそうな匂いや家で子供が遊んでいる声がする。生活を全部含んだどこか懐かしい匂いと音だ。

夕陽はほこりっぽい市街地の上で朱色の光を放ち、まるで上から押されたゴムまりのように少しだけ横に膨らみ、天辺あたりの深紅からのグラデーションは下に落ちるほど空となじんでいる。

その夕陽は、母親から家に帰るように言われても、まだ遊び足りないと駄々をこねている子供のように、フィリピン地方都市の色を失った墓石のような建物の集合体の上で、もう少しだけ遊んでいたいようだ。

スーパーではフィリピン定番土産のドライ・マンゴーが、これまで見てきた店の半額程度で売られている。やはりホテルや観光地の土産物屋の値段が高いのはどこの国でも同じようだ。

買い物が終わり外に出ると、夕陽は赤い帯となって地平線に広がり、街のあちらこちらで派手な電飾が点灯を始める。

部屋に戻り窓から景色を眺める。暗くなるまで薄明かりで見える僅かな時間帯、マジックアワーが街の景色や人々の表情を優しくする。ふと窓の縁を見ると、この前に泊まったホテルと同じように、窓と窓枠の間に隙間があって、完全に窓が閉まらない。よく見ると部屋の照明の傘の中には、小さな虫が入って死んでいる。

耳をすますと小さく蚊の飛んでいる音がする。蚊の飛ぶ音は国が違ってもやはり不快で神経にさわり、部屋のどこを飛んでいるか気になる。意識の中のレーダーが常に蚊の飛んでいる位置を捉えようとしているみたいに。

外国で知らない蚊に刺されるのは嫌だと思った。日本でも知っている蚊はいないし、刺されるのはやっぱり嫌だけど。

『フィリピン慰霊巡拝のしおり』の中には「就寝時には蚊取り線香を焚《た》くなど、各自で対応してください」と記載されていたので、持参した蚊取り線香に火をつけ横になる。しばらくすると暗い部屋の中で蚊の飛ぶ音は消えていた。私は自分で感じていたよりもずっと疲れていたのかも知れない。慰霊の旅も半分終わって疲れが出たのか犬のように眠る。

二一、フィリピン南部慰霊・祖父の現地追悼（ラムット川とモンタルバン）

朝食の後にチェックアウトを済ませバスに乗り込むが、全員揃っているにもかかわらず出発しない。トラブルか何か発生したのだろうか。ホテルのフロント係が激しい剣幕《けんまく》で、添乗員と厚生労働省職員に向かってクレームを言っている様子。

バスの窓を少し開けて聞いていると、フロント係の話の中に何回か私の部屋の番号が聞き取れる。私にだって、これくらいの英語の数字は理解できる。正確にはそれしか理解できないので、むしろ不安が大きくなる。私は気がつかないうちに何か重大な事を仕出《しで》かしたのだろうか。私に関する事で何か重大なトラブルが発生しているのは間違いない様子。添乗員とバスの中の私と時々目が合う。目が合う回数が増える度に、私に不安が積み重なり膨張する。私のすぐ目の前で、私の知らない私に関する何か悪い事態が確実に発生している。私が何かの不始末をしたのか考えるが思いあたる事はない。部屋を出るとき、チップの相場は二〇ペソだが小銭が無かったので多めに五〇ペソを枕元に置いて出た。まさかチップが多かったのが原因で怒られる事もあるまい。バスの中は、いったい誰が、何を仕出かしたのだろうという空気が充満している。そしてバスの中では誰も口にはしないが、うすうす私が何かを仕出かしたような空気に染まっている。

数分経って、添乗員がバスの入口で私を手招きしている。犯人はやはり私だ。私はバスの外へ出て添乗員からの話を聞くと、フロント係が「禁煙室なのに煙草を吸っている。煙草の匂いが消えない。禁煙室に戻すには部屋のクリーニング代金として三万円支払わないとバスを出させない」と言っている。請求金額はなぜか日本円だ。

私は煙草を一切吸ってないし持ってもいないと、フロント係に伝えてもらうが全く信じてもらえない。部屋をチェックした係から、私の泊まった禁煙室から煙草の匂いがするとフロント係へ報告されていると言う。報告した部屋に、チップを多めに置いたのにと大人げないことを思う。自慢ではないが私は生涯を通じて一度も禁煙をした事が無い、喫煙をしないから。

しばらく考えて思い当たった事を説明する。昨夜部屋の窓が閉まらなく隙間が開いており、そこから虫が入り寝付けず、蚊取り線香を焚いたからその匂いではないかと説明する。初めて部屋に入った時には、既に照明の傘の中に数匹の虫が死んでいた事も説明してもらう。

子供の頃に観たテレビドラマ『逃亡者』を思い出す。私は知らぬ間に濡れ衣を着せられた医師リチャード・キンブルになっていた。

もし私が個人旅行者で言葉も通じずあの勢いでまくしたてられると、まあそれで済むならとお金を払っていたかも知れない。悪意にとれば、泊まった部屋でこづかい銭稼ぎ？　になるのではとさえ思ってしまう。

私の説明した内容を、添乗員と厚生労働省の二人は、フロント係に毅然《きぜん》とした態度で説明してくれた。この二人に心から感謝する。

どうしても納得しないフロント係を後に、バスは予定時刻をオーバーして出発した。

今日はラムット川と、祖父の戦没地モンタルバンの現地追悼の日だ。

はじめにラムット川へ向かう。フィリピン・ルソン島の国道五号線を移動してカガヤン川支流のラムット川に着く。ここで起こった悲劇は後日「ラムット川の悲劇」と伝えられているが、今は一二六メートルのコンクリート橋が作られ、青い大きな空が広がり雲はのんびり欠伸《あくび》をしている。

河川敷の両岸には草木が生い茂り、川は中洲を囲み、低い所を探して蛇行を繰り返し穏やかに流れている。でも雨季には、河川敷は濁流が支配する気性の荒い川に一変するのであろう。七五年前の雨季、この川で悲劇が起きた。

開戦前、マニラには多くの日本の商社や病院、学校が造られ、貿易や商いをするために日本から来た人々で活気あふれる邦人社会があった。

開戦後、侵攻してきた敵と戦うため、男は戦闘員として現地召集され、女性や子、傷病兵は武器も持たず、敵から逃れるためマニラから逃げ北上する事になる。途中、雨季で増水したラムット川に足止めされるが、敵はマニラの日本軍を殲滅《せんめつ》し北上を続けた。

敵からの攻撃に耐えかねて川岸から押し出され、濁流する川の中ほどに差し掛かった時に敵戦車や戦闘機からの一斉射撃を受け、二千人ともいわれる全く武器を持たない犠牲者を出し、その大半は婦女子と傷病兵であった。

川を前にして当時の情景を想像してみる。いくら私が想像したとはいえ、その想像を遥かに超えた光景が、目の前の川で繰り広げられていたのだと思う。七五年前の女性や子供の泣き叫ぶ悲鳴や、血で赤く染まった濁流が頭の中で渦巻く。今、子供たちが笑顔で川遊びをしている景色の中に、七五年前の悲惨な記憶の片鱗《へんりん》も見出せない。

河川敷は沈黙を守り、一切の記憶を持たない川の流れは、ゆっくりと遊ぶように雲を映し、河口を探し流れ、海となる。

ラムット川

祖父の戦没地モンタルバン付近に着く。冷房の効いたバスから出ると、むせるような森の匂いがする。懐かしい匂いだ。地面は粘土質でやや赤い。私の身体の外側は森とその上に広がる青い空だけである。

穏やかな風は木々の枝を優しく頷《うなづ》かせ、木洩れ日は形を変え忙しく移動している。天頂から射す陽の影は濃く短い。木々は私たちを囲み、穏やかな風と一緒に何かをささやき続けている。だが小鳥のさえずりや木々の囁《ささや》きが、急に何かの気配を感じたように一瞬息を止め、静寂が森を覆う瞬間がある。

私だけ一人森の中に取り残されたように感じた。再び森は何事もなかったかのように深い呼吸を始める。私も森の一部のように、森と共に呼吸を始めた事に気づく。

祖父が亡くなった場所に来ている。祖父の心臓が停止した場所に来た。祖父が戦死するとき、せめて感覚の麻痺によって苦しみや恐怖と無縁で旅立つ事が出来ていたらと思う。母の胎内から五体満足で産まれ、故郷の山河に学び育てられた丈夫な体が、生きるための全ての機能を

祖父の戦没地モンタルバン

止められ、この風景の中で死んだ。

慌ただしくバスから祭壇や供物を運び出し、現地慰霊祭の準備をする。私も持参してきた祖父の写真や、靖国神社参拝時に頂いたお神酒や供物を供える。祖父が戦い、そして戦死した山に囲まれた悲しいほどの静寂の中で、七五年間待ち続けてくれた祖父へ手紙を広げる。

まわりの空気が、波が引くように薄くなったような気がした。吐く息と吸う息と、手紙の最初の一音を発するタイミングがなかなか合わない。特別に合わせる必要なく普段は喋っているのに、この時はそれがすごく難しく思えた。スタートの準備を終えてから号砲までの緊張感。何かがせき立てる。景色は色を失い全てが私に集まる。動悸は早くなり、声を押し出そうとするが押し戻される。始めの一言が口から声となって出てこない。やっと出てきた声は、ずいぶん遠くを迂回して運ばれてきたよう聞こえる。

心臓の鼓動が耳で聞けるほど大きく打ち、手と膝が震える。今年六三歳になる私が、何故こんなにも緊張するのだろう、その思いは心と体のバランスを更に危うくする。

自分の何かが制御できていない。

この手紙を大きな声で読む事は、私の慰霊祭の中では最も重要な事だと思っていたし、これまで何回も声を出して練習したというのに。震えながら声を出して手紙を読んでいる時間を長く感じ、とにかく早くこの状況から逃げ出したいと思った。

つまりながら震えながら、どうにか読み終える事が出来たが、手紙は直ぐには解放してくれなかった。身体を構成している見えないほどの小さな細胞の幾つかがうまく作動してない。手紙は小さな破片となり、心の中を浮遊した後に澱《おり》となって積み重なり、私の気持を沈ませる。祖父へ届いただろうか。

二三、祖父への手紙

祖父　金田操様

やっとここへ来る事ができました。あなたはフィリピン・ルソン島で三七歳の生涯を閉じました。あなたは、どのような思いで出征したのでしょう。

あなたの長男（私の父）は、あなたの葬儀を一五歳で喪主として執り行い、家を継ぎました。次男は、県外に職を得て家庭を築きました。娘三人も市内に嫁ぎました。あなたの妻マツエさんは、私が一歳の時に、長男、次男、長女もあなたのもとへ逝きました。あなたは全てご存知かも知れませんね。

あなたは出征して約一年後に戦死されました。ここで迎えた一度きりの正月はどうでしたか。熱帯のジャングルから昇る月はどうでしたか。

故郷の穏やかな山から昇る月と比べて随分違っていた事でしょう。あなたの子供、孫、ひ孫も同じ山を見て育ちました。

あなたは空腹だったでしょう。
水が飲みたかったでしょう。
怖かったでしょう。
痛かったでしょう。
帰りたかったでしょう。
無念だったでしょう。

今、あなたのもとへ来る事ができました。あなたの心は既に、故郷にあるのかも知れません。

令和二年二月一七日
六二歳の孫　金田博美

故郷の山

二四、戦没者合同追悼式

私の夢の中で、激しい雨が降っている。ジャングルの密集した木々の間を抜け、倒れた兵隊を雨はたたき土に埋める。

雨は兵隊の休む場所を奪い、命を維持するための体温を容赦なく奪い去る。

冷たい雨で手足がしびれ体が震え、思考は停止しているが容赦しない。

雨は傷病兵の微かな呼吸の間隔を、知らぬ間に永遠へと遠ざける。

私は夢の中を歩いている。私は夢である事を気づいている。

私はその夢の中で雨にたたかれジャングルの中を歩き続けているが、景色に変化はなく体は前には進んではいない。

慰霊巡拝最終日合同追悼式「比島戦没者の碑」

地面がふわふわとして定まらず、体は重くなり足首まで埋まり歩けない。私の夢ではなく他人の夢の中でこちら側を俯瞰《ふかん》しているようだ。私は雨にたたかれている全ての兵隊を置き去りにして、夢から現実の世界へと徐々に覚醒《かくせい》し、体に正常な力が戻るのを待つが指一本さえ動かせない。体の末端から感覚が徐々に蘇り、大きく息を吐くと同時に呪縛《じゅばく》から逃れようと寝返りをうつ。

まわりの世界が立てる音に、丁寧に意識の断片を集めようと集中する。やはり遠くから夢の中の雨音が聞こえる。どのくらい遠くからかは分からない。雨音は夢と現実の間で繋がり徐々に近づいてくる。それは故郷に帰れず無念の死をとげ、ここに置き去りにされた多くの顔のない兵隊が、雨の中を私へ向かって行進しているように感じた。

目が覚めると酷く喉が渇いていた。窓を開けると雨音が飛び込み、雨の匂いとぬるい風が流れ込む。

雨宿りができるほどに広がった葉は幾重にも重なり、雨音を神経質に尖らせ増幅させている。

底の厚いガラスのコップに、冷たい水を注ぎ一気に飲む。

水が乾いた体の中を落ちていく。冷たい水は体内を流れ落ちる経路を明確に示す。

水滴の付いたコップを落とさないように、丁寧にテーブルに置いたはずのガラスのコップは、凍った金属がなにかのはずみで内側から崩壊したような冷たく尖った音がした。

そしてその音は、コップを置くより少し前にしたように感じた。違和感がある。

まだ自分の体の中に自分がうまく入り込めていない感じだ。

今朝のガラスのコップは昨夜のガラスのコップより重く感じる。

まだ半分ベッドに体を残しているようだ。

雨は死者を洗うような静かな雨に変わっていた。

雨の音は私の外側からだけではなく、私の内側からもしていた。

七日間の慰霊巡拝最終日の朝に初めて雨となる。フィリピン戦没者合同追悼式会場のカリヤラ地区「比戦没者の碑」へマニラから南東へ一一〇キロ移動する。幹線道路だがやけに揺れる。バスのショックが抜けているのか、道路舗装の精度が悪いのか、多分その両方かも知れないと、このバスに初日に乗った時から思っていた事を今日も反芻《はんすう》している。

マニラの市街地を抜けると建物はまばらになり、二時間以上走り幹線道路から脇道にそれ、山手に進むと湖の先に日本庭園があった。

やはり親日国といわれるフィリピンでも、国民感情に配慮して市街地に近い場所には、日本人戦没者のための大きな慰霊碑は建てられなかったのだろうと推察する。

碑は日本庭園内にひっそりと建つ。フィリピンで戦没した約五〇万人の日本人の慰霊碑だ。障壁の中央に慰霊碑があり、障壁は、戦没者を肉親が両手を広げて迎えているように見える。雨にたたずむ日本庭園は、ここが日本から南へ遠く離れた熱帯の国である事をしばし忘れさせる。

雨はやまず、参加者は会場のテント内で雨をしのぐ。数多く供えられた菊の花が雨粒で光っている。早めに会場入りした厚労省職員は雨合羽を被り、ビニールシートで音響機材や国旗を濡らさないように覆い、テントの端にたまった雨水を下から棒で突いて落としている。

祭壇に祖父が出征するときに撮った家族の写真を置く。私は、この写真は残される家族のために撮ったと思っていたが、祖父も同じ写真を持って出征したのではないかと思った。そうだとすれば、祖父は苦しい時や空腹時、戦死する瞬間も持っていたのかも知れないと思った。祖父の手元に写真があったとしたなら、祖父はどのような気持ちでこの写真を見ていただろうか。自分の事よりも家族の事を案じていたに違いないと思った。残してきた子供や妻、母の事を戦場の中で案じていた事だろうと思った。ひとりひとりの顔を見てひとりひとりの事を戦死する瞬間まで案じていた事だろう。

合同追悼式が開始され、遺児代表あいさつの時には、雨はやさしく柔らかな雨に変わっていた。

全員の献花時には強い日差しが射しむようになり、幸せそうな光が、テントの端に並んだ雨粒ひとつひとつの中できらきらと輝いている。雨に洗われた後のようなきれいな青い色が空いっぱいに広がっている。

広がる芝は各々の葉先の全てに水滴を蓄え、その内に映し出された景色を反転させ、太陽の光で輝きを増し銀色に光っている。気まぐれに吹いてくる風は、銀色の芝の上に幾つもの小さな波を作り通り過ぎる。まるで私達は大海原を進む帆船に乗り込んでいるようだ。

熱量が与えられた景色はコントラストを徐々に強め、ゆっくりと呼吸を始めている。

追悼式終了後に見事な虹がかかったが、参加者全員がその事を予見していたかのように誰も口にしない。天候も虹も含め、すべての行程が予定どおり滞りなく挙行されたかのように。

フィリピンでの全現地追悼式が終わり振り返ってみると、慰霊巡拝中に一度も雨に降られる事はなかった。

私は子どもの頃から、祖父は国の命令で戦い戦死したのに、空の骨つぼでは寂しく哀れだと感じていた。碑の近くにあった小さな石を二個握る。祖父の空の骨壺に入れたいと思った。

だが『フィリピン慰霊巡拝団のしおり』には、「草木や土砂石を採取したり、日本に持ち帰る事は現地の方とのトラブルに発展したり、日本の検疫上も問題が生じるため、絶対にやめてください」と記載されている。出国の時の空港検査で問われたらどうしよう。参加した皆に迷惑をかける事になるだろう。

日本へ帰る飛行機を待つ間、慰霊巡拝が無事に終わった事の安堵はあったが、祖父が戦死した国を後にする事の後ろめたさを、「また今度来ます」という文字にして心の中でつぶやく。本当は自分自身の心を軽くするためだけの呪《まじな》いである事は知っている。

翌日昼過ぎにニイノ・アキノ国際空港を離陸し成田国際空港へ向け飛び立つ。到着後、成田国際空港内のロビーで解散式を行う。

当日の山口宇部空港行きの最終便が終了しているため、東京上野のビジネスホテルに宿泊する。ビジネスホテルは和室で、布団を敷くと荷物の置き場に困るほど狭い。風呂は部屋にはなく共同浴場があるが、久しぶりに首まで浸かれる熱めの風呂は気持ちよく、畳に敷かれた布団でよく眠れた。

昼前、靖国神社へ慰霊巡拝から怪我や病気をせずに無事に帰れた事へのお礼の参拝をする。先ず靖国神社参集殿へ行くが、受付係だけで祈願参拝をする人は誰もいない。祈願参拝の申し込みを済まし、靖国神社の歴史ビデオを三〇分近く見て名前が呼ばれるのを待っているが、どうやら祈願参拝をするのは私一人だけのようだ。

ビデオも一巡して私一人の名前が呼ばれ、宮司の後に続き参集殿から本殿に向かうが、手と足が一緒に出るほど緊張していた。まるで性能の悪いロボットのようだ。靖国神社本殿で宮司が私一人のために祈願してくれている事や、拝殿前で何人かの参拝者がこちらを見ている事が緊張を更に大きくする。

祈願参拝の最後は私の「二礼二拍手一礼」をして終わりなのだが、宮司と一対一で緊張してしまい、拍手が一つ不足して二礼一拍手一礼になってしまった。

一拍手不足してしまった。自分でも最後の一礼をした後に気がついたので、後戻りはできない。宮司は表情を変えずに全て終えて参集殿へ戻り供物を頂いた。

ロボットは外へ出て拝殿の前に行き、やり残した事を完成させるように「一拍手」だけをした。意味があるか無いかは分からないが、まあ気持ちだけは少し軽くなった。

羽田空港から山口宇部空港に到着後、夜半自宅に帰り着く。翌朝縁側に座り、故郷の山を前にして慰霊巡拝を振り返る。故郷に戻れた当たり前の事を、改めて幸せな事だと思う。そして帰れなかった祖父を思う。

二五、祖父の戦歴

主に小林兵団阪東隊『巡拝と留魂』から抜粋し、祖父が戦死するまでの戦闘について時系列に並べ祖父の記録を重ねたものである。先に「小林兵団」で書いた内容と一部重複するが、フィリピン上陸後における阪東隊編成の過程において必要な部分であるためそのままにしてある。

多くの派兵された兵隊が敵の攻撃により上陸すら困難な戦況下、上陸出来た他の兵隊と臨時歩兵として編成され、圧倒的な火力や兵員において劣勢な金田操が属していた隊が具体的にどのように戦い、その戦いはどのように展開されていったのか、思い描きながら読んでいただきたい。祖父に関する事は**太字にして**線を引いてある。

昭和一九年（一九四四年）

三月六日

金田操　教育召集のため歩兵第四二連隊補充隊に応召。同日、第一機関銃中隊に編入。陸軍二等兵。

六月四日

金田操　召集解除。

七月

金田操　山口第四部隊入隊。

八月

金田操　下関出港、フィリピン派遣。

フィリピン・ルソン島上陸後臨時歩兵第七大隊西川機関銃中隊に編入。

バシー海峡を敵の潜水艦から襲われにくいようにジグザグに動き、静かな、しかし不気味な二日間を無事に通り抜ける。船は、今でも硝煙の匂いがしているようなコレビドール島の横を通って、マニラ湾に入る。戦場だったと思わせるものは、マニラ湾の中に半分首を突っ込んだ幾隻かの船のあわれな姿のほか、それらしいものは何一つ見当たらない。船はゆっくり桟橋に横付けになる。さあこの暑い国への第一歩である。

全島緑と強烈な原色の花々の咲き乱れるマニラ港へ上陸した私たちは、しばらく埠頭で待機した後、トラックに貨物のように無造作に積み込まれ、ねむの木のアーチ型に空を蔽《おお》った並木街を次々と運ばれていった。走っていく舗道の両端には、ローマ字で書かれた看板をかかげた店や赤い屋根の住宅が並び、それらのどの窓からも、身なれない人々が首を乗り出して、妙なアクセントで「バンザイ！　バンザイ！」と叫び、日の丸の旗を振っている。外国映画の一コマのようなエキゾチックな雰囲気の中で、私はもう夢見心地で有頂天になっていた。車道には、二階建ての真赤な大型バスが時折通過し、輪タクやカロマタ（馬車）が頼りなしに走り、人道では真白なシャツをピッタリ身につけた清楚な感じの青年たちや、形よく上部に突き出た袖が蝶の羽のように見える鮮やかな色彩の晴着をつけた婦人たちが、楽しそうに語らいながら散歩している。

昭和一九年末、マニラには旧城内、平站を中心に海没部隊の生存者や、船便が無くて本体に追及できない者、日本国への後送途中やむなくマニラに上陸した者、飛行機のなくなった航空関係部隊、船のなくなった船舶部隊、陸軍あり、海軍あり、在留邦人で家財道具を二束三文で処分して内地へ引き揚げようとする者、やむなく日本軍と運命を共にしようとする者、現地召集された者等でごった返していた。

わが第七大隊と同じように臨時歩兵第八大隊まで八個大隊が編成された模様で、他に迫撃砲大隊、噴進砲大隊、船舶部隊、航空地上部隊等々でマ防（マニラ防衛隊）を中心に小林兵団（小林隆少佐）が編成された。いつの頃からか臨時歩兵第七大隊では長ったらしい。威四二二部隊では分かりにくい。最後までどこの指揮下にも入らず、兵団直属でしかも多くの隊が編入または配属されたので、兵団でも隊内でも、「阪東部隊」と呼ぶようになっていた。主力はマニラ東方高地に陣地占領し、持久戦をはかる事になる。

一二月二五日

阪東部隊は空挺撃滅隊を兼ねて、マリキナ西方台地に拠点を占領、マリキナ鉄橋を確保して、「兵団のマニキラ東方高地への転進を擁護《ようご》せよ」の命令を受ける。

一二月二七日

マニラ＝マニキナ＝サンマテオ＝モンタルバン＝ワワ・ダムに通ずる幹線道路の陣地配備を定め陣地構築にかかる。ワワ・ダムの入口には空地もあり、傍に荷物をのせるのに都合のよい岩石が数多くあるので、多人数の運搬兵が休息をとっていた。

昭和二〇年（一九四五年）

一月

マリキナ＝モンタルバン街道沿いに、米軍機の機銃掃射で頻繁に攻撃してくる。モンタルバンは幅広い河に臨んだ山の入り口にある。

二月三日

夕刻八五高地に米軍の戦車一両が、不用意に給水塔の根元に突っ込んで来た。先ず戦車一両を擱坐《かくざ》させ士気大いに上がる。

小林兵団としては最初の米軍との接触である。思うに米軍のバララ浄水場確保のための先遣隊の偵察将校か。

八五高地に転進した部隊は初めて米軍に接触。

二月四日

九時頃から敵の砲撃が始まる。

ここに我が軍の前進陣地のある事を確認して、攻撃態勢を整えたようである。なるべく多くの敵を引きつけて、主陣地に対し陣地構築の猶予を与えるのが前進基地の目的だから、こちらの思うつぼだ。

砲撃は三連装の砲撃砲である。「トン」「トン」「トン」と発射の三連音が聞こえた瞬間「バン」「バン」「バン」と前進陣地全面に打ち込まれる。

レイテ戦線を戦った兵隊は別として、殆どの者は初めての敵弾の洗礼である。

握り飯も喉を通らなかった。かくてその後の半年以上の死闘の幕が切って落とされたのである。

敵からの砲撃は続くが我が方には大した損害もなく、改めてたこ壺の威力を再確認する。

二月五日

迫撃砲の数が三倍くらいに増え、猛烈な砲撃が始まった。

ひっきりなしに射って来る。敵の攻撃の要領は、第一線の歩兵は自動小銃のほか大した武器を持たず、無線機を携帯して、後方の砲に「一〇米右、二〇米伸ばせ」など英語が聞こえる。

なるべく引きつけておいて一斉射撃を浴びせるとサッと後退するが、一層激しく砲撃してくる。

我が大隊砲も陣前の敵や集結地に照準を合わせて砲撃する。まさか砲を持っているとは思わなかったのか攻撃の効果は大きかった。

然し残念ながら敵の迫撃砲をたたくには、観測所不充分だったし届かない。

敵は観測機を上空に常駐させ、こちらが一発射てば白煙を目標に百発もお返しが来る。

敵との物量差は歴然であり、我が軍にかなりの損害が出る。

日没と共に砲撃はピタリと止み、夜は時々照明弾を打ち上げる程度である。

昼間戦った隊員は夜間に負傷者の手当て、破損した陣地の補強、食事、翌日の握り飯作りと不眠不休作業を行い、睡眠と言えばしばしまどろむ程度であった。

不思議と飛行機からの爆撃がなかったのと、雨が降らなかったのが幸いした。

二月七日
激しい攻防が続く。
二月八日
午後、我が隊の第一線はジリジリ後退の已むなきに至った。
敵にもかなりの損害を与えたが、我が方の死傷者も相当数にのぼった。
敵の戦車から射ち込まれた砲弾は何千発か数えられない。我が隊の陣地全体が耕された畑の様相になる。
二月九日
戦車と火炎放射器の攻撃で第一線陣地は大敗失陥した。
二月一〇日
午後、敵戦車侵入。大隊本部の上にも別の戦車が停止しており、火炎放射器を持って来られたらひとたまりもない。

昼間の撤退は到底無理である。今晩の撤退の準備をしながら交戦を続ける。やっと夜がきた。大隊本部のくぼ地に全員集合する。まだ敵兵の一兵もマリキナ川を渡していない。先進陣地の目的は達したと思ったが、戦友の遺体も収容できぬまま退くのは後ろ髪を引かれる思いである。

朝日山を指さす。南方の月夜は明るい。新聞の大きな文字は読める程度である。主陣地の山の形はハッキリ見える。

二月一一日

撤退命令を受けマリキナ川を渡って東方山地へ撤退。

二月一三日

阪東隊は一三日、夜襲により旧前進陣地奪回の命令を受ける。

満身創痍《まんしんそうい》の阪東隊ではあるが今晩出撃だ。

負傷者、病人は残して行く事にする。

八五高地前進陣地奪回作戦は、帝国陸軍初めてと言われる噴進砲弾援護射撃《ふんしんほうだんえんごしゃげき》を受けて、噴進砲弾一二発を八五高地＝給水塔のある方向へ発射する。不発弾が一発の他は轟音と共に爆発する。二四時を期し敵陣突入、陣地を奪取するいわゆる夜襲をかけたのだが、噴進砲の方向が定まらず、これでは匍匐前進《ほふくぜんしん》して、敵陣地直前まで到達している我々の部隊がやられてしまうのではないか、と不安がひろがる。

二四時過ぎに突入したが、敵はもぬけの空であった。

我が隊の噴進砲に恐れをなしたか、一名の損失もなく占領できたのは幸いであった。

八五高地に立つ。給水塔の北側から一本のマンゴーの大木を望見。

二月一四日

時々砲撃を受けるが、引き続き八五高地の確保に努める。

二月二〇日

坂東隊は千秋山を中心に第二線陣地を占有すべし、の命令を受ける。

部隊はサンマテオから第二線陣地千秋山へ撤退し、そしてここから正に生き地獄の苦しみが始まった。
八五高地、ここは阪東部隊の前進陣地であり初戦の地でもある。そして数多くの戦友達が戦死された場所でもある。

二月二一日
敵の侵攻により各陣地は失陥する。
ワワ・ダムの瀑音が聞こえて千秋山と天王山が行く手に立ちふさがる。鋭く削り取ったような絶壁の山、千秋山は阪東部隊の第二線陣地の中心であり、阪東部隊が死守を決意したところ。

二月二二日
未明、千秋山に連なる正成山、正行山の麓に近い東斜面に集結した阪東部隊は二二八名（当初編成時三三〇名）であった。

二月二六日

米軍本格的攻撃を開始。

三月二九日

金田操　モンタルバン河とポソポソ河との合流点に集結し、正成山、政行山の陣地を守備する。

四月

第二陣地に対する砲撃、飛行機からの攻撃も激しさを加え、緊迫の度を増してきた。

五月五日

正成山、正行山より千秋山にかけて、米軍の直接攻撃が始まり戦闘状態に入った。敵は猛烈な砲撃のもとにジリジリと一寸刻みに攻撃してきて、決して無理をしない。

それで第一線陣地からここまで二か月以上もかかっているのである。マニラ周辺になるべく多くの米軍を釘づけにしておく事が阪東部隊の作戦だから、目的は達成せられていると信じていた。

まもなく千秋山は正面と正成山、正行山の稜線伝いの敵の攻撃を受け、芙蓉山より砲の直撃を受けるようになる。

五月六日頃

モンタルバン＝ワワ街道を来た敵兵が、原住民の道案内で崖を登り千秋山稜線に出現し攻撃を加えてきた。

そのうち敵は芙蓉山頂に戦車を上げ、砲撃してくる。

本部は千秋山頂上の岩陰にいるが、その岩が砲弾でだんだんと壊されていく。全山が石灰岩で壕は全く掘れない。砲撃がやんだかと思うと米兵の投げる手榴弾の炸裂、火炎放射器も持っている。

まばらに生えている、しのべ竹や灌木がパチパチ燃えているのを背嚢《はいのう》で叩き消す。山頂は六帖一間位の広さしかない。稜線上の石灰岩は風化されてとんがり、一面針の山の様相で、鋭いのを踏みつけると、はいている地下足袋の底にプツリと穴があく。

五月一七日

マニラ方面の水源地になっているワワ・ダムを死守の命令を受ける。
水源を確保したい敵と激戦となる。
金田操　ルソン島マニラ市周辺方光山付近にて戦死。

六月三日
阪東隊に対する米軍の攻撃がめっきり少なくなった。
敵は阪東隊に対し監視兵だけを残し、両側を迂回してどんどん東進して行く。
部隊は完全に敵中にとり残された。食料は極度に欠乏していた。わずかに附近に自生している芋の葉っぱを食べていた。

六月八日
方山光失陥。ごろりと横になれば、みな睡魔に襲われる。降り出した雨で地面が濡れ、地面に接している背中まで滲みてくる。それでも眠った。目が覚めると枕元に白骨があった。あまり驚かない。死というものに鈍感になっていた。「今に行くからな！」と片手で拝む。埋めてやる力がない。

「兵隊が寝ているのかな」と思って近づくと、軍装したまま白骨になっている者もあった。暑いし、スコールで洗われ、すぐに奇麗な白骨になってしまう。貯金通帳と子供の写真をおし頂くように、うつぶせの白骨のものもある。その写真の子供が笑っている。やるせない。

戦いは全部が劣勢下の防禦《ぼうぎょ》で、希望亡きものであった。余程心がしっかりしていないと任務達成は出来ない。

不惑、不屈、不動、辛抱強く戦ったものだと思う。

千秋山を中心とする主陣地の死闘は地獄のそれであった。

即ち、山頂で敵中に孤立。頭上よりの火焔と手榴弾に攻め立てられ、眼下の満々たるワワ・ダムを眺めつつ、取水に術なく、一滴の飲み水すらなく、飲まず食わず戦い抜く事旬日余、耐えに耐えて陣地を死守した。到底人間業とは思えない。

戦闘には色々あるが、これ程残酷な事はあるまい。隊長も偉いが部下も立派である。阪東隊の真髄《しんずい》はこれに尽きる。よくも自暴自棄《じぼうじき》にならなかったものだと思う。不動の隊長を信じ、最後までよくもついて行ったものだと感嘆するばかりである。阪東部隊に配属された者たちは、決して精鋭第一師団の名に恥じなかった事。部隊は終始命令通りに行動し、しかもみんな勇敢に戦った事は確かである。

以上が小林兵団阪東隊の記録である。戦争が熾烈になるほど日付の間隔が空いている。生きて行くだけで精いっぱいだと推測できる。小林兵団阪東隊の部隊長が書かれた著書なので、勇ましく最後まで隊としての規律を重んじ、行動していると書かれている。

祖父が属していた隊なので、私の願うところでもあるが、行間に書かれていない、そして書けなかった事も当然に沢山あると推測する。

行間の祖父はどのように戦いそして生きていたのか。常に空腹と渇きの連続だったろう。ある帰還兵の手記にこう書かれていた。

「敵と戦う時はその時だけだが、空腹は朝から夜まで一日中、そして何日も苦しく忘れる事はない」と。

記された日付と日付の間にも祖父は生きていた。この戦いの中で、つかの間でも祖父が笑顔になる事があったならば幸いである。

二六、家族

祖父は戦地で同郷の友と知り合えただろうか、悲惨な戦の中でつかの間でも友と故郷の話をして笑う事もあっただろうか。

ルソン島に上る眩い太陽は、一時間前に故郷の山から昇った太陽であり、夜にジャングルの間から見える月は、故郷の家族が見上げている穏やかな月と同じである。

軍隊に入隊した祖父は三七歳であり、自分の子供のような歳の若い兵隊から、理不尽な暴力も受けた事だろう。

農家で女四人続けて産まれた待望の長男の祖父は、子供の頃から大切に育てられた事と思う。その環境で育った祖父にとって、軍隊生活は人並み以上に苛酷だったろう。

個人が国や組織について異を唱える事はできない時代に祖父は召集され、南方の島で繰り広げられた熾烈な戦争の中で人生を終えた。

祖父の夢はなんだったのかと思う。それは家族で桜の下を歩く事、縁側で西瓜を食べる事、蚊帳の中で子供たちと添い寝をする事、月を見る事、紅葉を拾う事、冷えた朝に白い息を吐き子供たちと笑う事、子供たちの寝顔を見る事、小さな幸せに喜び子供たちを慈しむ事、これらを生きがいとして歳を重ねる市井の些細な幸せを、戦争が無残に全て断ち切った。

父は出征前夜、家族とどんな話をしただろうか。風呂に浸かって何を思っただろうか。家族と何を話し最後の夕食を囲み、どんな心中で見送り見送られたであろうか。

フィリピン慰霊巡拝から戻り、山や畑で農作業をしている時にふと、父母や祖父母がここで汗を流し、一瞬吹く風に涼を感じ、夕日の中を家路につく姿を想う。

私の両親に趣味らしいものはなく、農業で米や野菜を育てるのを唯一の喜びとしていた。

両親は花や木を育てるのも好きで、庭に色々な種類のものを植えていた。

花や木も両親から引き継いだ大切なものなので枯らさないように育ててはいるが、肥料を与えすぎて松を一本枯らしてしまった。

ある年の春先に父が一言「庭のツツジが咲き始めたので、火の山のツツジもしばらくすればきれいだろう」と母に話していた。父は一本のツツジを見て、山全体を被うように咲くツツジを思い浮かべ、母も相槌をうちながら返事をしていた。

私にはそういう感性は欠落しているので、父のその優しい言葉を今でもツツジの咲く時期に思い出す。

私の母茂子は七九歳で亡くなった。平成二五年二月一二日の寒い夜の九時過ぎに、浴槽の中で亡くなった。亡くなる前日には美容院で髪をセットして、その日の夕食に妻の作った牡蠣鍋を喜んで食べてくれた。髪をきれいにして、最後に好物の牡蠣を美味しいと言って喜びお風呂に浸かったまま、父を置いて風が通り過ぎるように急ぎ足で逝ってしまった。

母が亡くなった一週間後に私に初孫が産まれ、私はおじいさんになった。孫は女の子で、私の兄弟や私の子供も男の子だから、母は女の子を抱いた事がなく、生きていたらどんなにか喜んでくれたかと思う。その時の母の喜ぶ姿を想う。

だけど母は亡くなってから孫が産まれるまでの間に、きっとどこか私たちの知らない世界で、誰よりも一番初めに孫を抱く事ができたのは母かも知れない。

たとえば生者と死者が交差するような道があったならば、そのようなところで何の迷いもなく母と孫は出会い、最高の笑顔で嬉しそうに母は孫を抱き上げ、孫も母の手の中で微笑んでいただろう。全てを理解したうえで二人は出会ったのだ。

何故そう思うかというと、孫は家に来たとき、誰も教えもしないのに、真っ先に仏壇に行き手を合わせ、母の写真にまだ言葉が話せないのに何かひそひそ話しかけていた。一番初めに出会った母に、いろいろな出来事を、言葉としては成立していないが、重大な事でも報告しているかのように。母には届いている。


父忠雄は母が亡くなった五年後、平成三〇年七月一九日に八六歳で亡くなった。私が仕事を退職するのを待つかのように、車の自損事故で入院、その後退院は出来たが病気が重なり通院や入院を繰り返し、最後は全てをあきらめたように誤嚥性肺炎《ごえんせいはいえん》で亡くなった。

振り返ると父もあっけないほど早足で旅立った。父の葬儀をした後でも、どこかに居るのではないかと気配を感じる事があった。理由などないが、何故か父は死なない絶対的な存在だと、子供の頃から信じていた。

父を初めて滞在型ホームに連れて行った時、そしてそこで昼食を済ませ「とりあえず一泊してみようか」と私が言った時も、父は全て理解していたが騙されたふりをしてくれたのだと思う。全てを理解して私の心中も察してくれて、何も気づかないでホームに置いて行かれる寂しい老人を演じてくれた。父の気遣いがありがたかった。

父と最後に話した言葉を思い出す。私たち夫婦が父の入院する病院から帰ろうとした時だった。いつも私たちが帰る時に口にしていた「そとで、みんなで、おいしいものをたべよう」という言葉が聞こえた。その言葉の内容は絶対に病院の許可が下りるものではなく、私は父の声を背中に聞きながら逃げるように病院を後にした。

その後、父の意識が混濁《こんだく》して会話が成り立たなくなり、こちらから一方的に話す言葉の幾つかに、生存の確認をするかのように、わずかに意思表示をするだけになった。

亡き両親

私が振り切って帰った時、その後に残された父は一人で何を思ったのだろう。「そとで、みんなで、おいしいものをたべよう」その言葉を発し、残された父の心中を思うと、申し訳ない気持ちがいっぱいで後悔する。

「そとで、みんなで、おいしいものをたべよう」という声が父の死後、心の中にクサビを打ち込むように残っていた。

随分経って思い出した。その言葉は、父が病院で毎回繰り返していた言葉であったが、私が子供の頃から家で何か良い事がある時に、私たち兄弟のために父が母に言っていた言葉で、私たちは滅多にない外食を喜んだ。「そとで、みんなで、おいしいものをたべよう」は、若い父が私たち家族を元気にするための魔法の言葉だった。

父の弟は広島に職を得て家庭を持ったが、父より早くに旅立った。弟が里帰りをした時、裏庭の柿を採って美味しそうに食べていた事を思い出す。

多分子供の頃からの兄弟のおやつだったのかも知れない。兄弟で食べ頃になるのを待っていたのだろう。父の事だから弟に譲る事も多かったかもしれない。私も柿の木に登って幾度も注意されたので柿の木の事は記憶している。柿の枝はしなる事無く一気に折れるから注意するように言われた。柿の木がなくなった今でも、私の心の中で毎年柿の時期には思い出す。

亡き父母の使った農具の摩耗による癖、黒板に書いたチョークの文字、ロープの結び目に、その時の父母の姿を想う。祖父の事をもっと聞いておけばよかった、もう話せないけど父ともっと話をしておけばよかったと心底悔やまれる。

阿蘇大観峰からの景色

夢が叶うのであれば、亡き祖父母や両親、私達夫婦と弟、子供や孫で旅をしたい。例えば、私が子供の頃に両親に連れて行ってもらった阿蘇に行きたい。私も子供と何度か行った熊本県阿蘇の大観峰（阿蘇外輪山の峰、阿蘇カルデラが一望できる）だ。私が車の運転をして、道をよく知っている父は道案内をしてくれる。耶馬渓から小石原を抜け日田の温泉郷を横切り、昔のやまなみハイウェイで大観峰に向かう。祖父は車中あまりにも変わった景色に目をみはる事だろう。妻は幼い子供たちが車に酔わないように笑顔で何か話している。母はその姿を見て、私達を子育てしていた頃を思い出して微笑む事だろう。大観峰に吹き上げてくる大きく緩やかな緑の風を全身に受け皆と話をしたい。

いっぱい話したい、話が出来なかった事の後悔や、父の最後の言葉や、会った事のない祖父について知りたい事が沢山ある。両親にも謝らなければならない事が沢山ある。両親は多分この出来の悪い息子の事を、全てとは言わないまでも、あきらめに近い形で許してくれているのではないかと思う。

私も還暦を過ぎ、後姿や仕草が父に似ていると、妻から言われる事がある。そんな事はないと口では言ってはいるが、実は私も似てきたなと感じている。

歳を重ねていくと、いつか見た父の声や喋り方、ふとした仕草がよく似てきたなと思う。
晩年の父も祖父に似たところがあったのかも知れない。そう思うと私も祖父の何かを引き継いでいるのだろう。細い糸だが確かに繋がっている。それが何なのか私には分からないが、たとえば私が祖父や両親について、こうして書いている事かも知れない。先祖の何かを受け継ぎ、私が亡くなった後に何かを遺せたらと願う。

祖父の事について調べ記録として残す作業をしていると、ふと祖父が遠い昔の友のように感じる瞬間があった。資料の断片や慰霊地において、祖父は時々顔を出してはこちらの様子を窺い、直ぐにまた隠れているように感じる瞬間があった。この本の進捗の具合や内容を一番気にかけているのは、祖父かも知れない。

遥か遠いところから長い時間《とき》を経て、細い雨の向こう側で静かに糸を紡ぐように、意識を集めて耳をすませばどうにか聞きとる事が出来るほどの微《かす》かな声を繋ぐ。

祖父の戦死は父の人生を大きく変えた。戦争はいつも弱い者から犠牲になる。

この国のすごく近い過去に、戦争があった。

私たちの子供の頃、まわりの大人は戦争体験者で悲惨な戦争の話をしてくれた。戦争の記憶の欠片が、探せば生活の中に幾らでも残っていた。

現代では学校で習った戦争を祖父母に尋ねても、祖父母にあたる私たち世代は戦争を知らない。国のリーダーたちも戦争を知らない。

この国の記憶として不都合な真実をも全て受け入れ、正確に継承する事が求められている。

平和なこの時代が、次の大戦の戦前と呼ばれないための一助にでもなればと念じ、結びとする。

参考文献
『ルソンに消えた星』（岡田梅子・新実彰著）
『巡拝と留魂　マニラ東方高地　阪東部隊』（阪東康夫著）

金田博美
一九五七年生まれ
地元で就職
六十歳で定年退職
令和二年二月厚生労働省主催
「フィリピン慰霊巡拝団」に参加

七五一‐〇八六三
下関市伊倉本町二十五‐十一
〇九〇‐四一四八‐八一九九

祖父に逢いに行く
フィリピン慰霊巡拝団に参加して

二〇二一年四月一日　初版第一刷発行

著　者　金田博美
発行者　谷村勇輔
発行所　ブイツーソリューション
〒四六六‐〇八四八
名古屋市昭和区長戸町四‐四〇
電　話　〇五二‐七九九‐七三九一
ＦＡＸ　〇五二‐七九九‐七九八四
発売元　星雲社（共同出版社・流通責任出版社）
〒一一二‐〇〇〇五
東京都文京区水道一‐三‐三〇
電　話　〇三‐三八六八‐三二七五
ＦＡＸ　〇三‐三八六八‐六五八八
印刷所　シナノパブリッシングプレス

万一、落丁乱丁のある場合は送料当社負担でお取替えいたします。ブイツーソリューション宛にお送りください。

ISBN978-4-434-28690-2